U0947013

Elegance and fragrance

天香夜染衣

□ 李佩瑾　著

长江出版传媒
长江文艺出版社

图书在版编目（CIP）数据

天香夜染衣 / 李佩瑾著. -- 武汉 : 长江文艺出版社，2016.1
ISBN 978-7-5354-8576-2

Ⅰ. ①天… Ⅱ. ①李… Ⅲ. ①散文集－中国－当代
Ⅳ. ①I267

中国版本图书馆 CIP 数据核字(2016)第 004423 号

责任编辑：高毫林　　责任校对：陈　琪
整体设计：藏远传媒　　责任印制：左　怡　包秀洋

出版：长江出版传媒｜长江文艺出版社
地址：武汉市雄楚大街 268 号　　邮编：430070
发行：长江文艺出版社
电话：027—87679360
http://www.cjlap.com
印刷：武汉精一佳印刷有限公司

开本：700 毫米×1020 毫米　1/16　印张：15.125　插页：2 页
版次：2016 年 1 月第 1 版　　2016 年 1 月第 1 次印刷
字数：140 千字

定价：32.00 元

目 录

contents

contents

序一

令人赏心悦目的“小女人”散文

周濯街

由20世纪八九十年代过来者应该知道，那时人们对文学的追求与向往，对知名作家的崇拜与敬仰，是当今80后、90后所无法想象的。当年，凡征婚广告、向领导推荐人才，必不可少的一条是热爱文学。于是，因发表一短篇小说而由农村调进机关工作之事时有发生。如我这样，因为发表一中篇小说而调入县委宣传部，还算是“高标准严要求”呢。

那时各类报刊应运而生，各种创作笔会似雨后春笋。当年，我尚未出版长篇，仅由长江文艺出版社出了一个中篇单行本，在《芙蓉》《长江》丛刊和《中国故事》《传奇传记选刊》上发表过几个中篇。因在黄冈小有名气，所以被请去机关、学校（包括党校）讲课时有发生。

我与这本书的作者李佩瑾正是在那种环境中认识的。1992年夏末初秋的时候，我应邀去《黄冈青年报》召开的创作笔会讲课。地点是罗田县薄刀峰风景区，报纸是黄冈市团委办的，所以与会者还有不少大专院校或县里来的共青团干部。李佩瑾是来自

麻城一个单位的团支部书记兼散文作者。

她给我的第一印象是人长得特别漂亮，属于看一眼想看第二眼、第三眼的那种女孩子。她给我的第二印象是聪明、好学、爱问，小散文写得有点灵气，仅此而已。那时候以文学为跳板、以晋升为目的的男女青年大有人在，像李佩瑾团支书兼文学爱好青年的双重身份，尤其不被一心扑在文学上的我辈看好。

实践证明，凡是我辈不太看好者，90%以上随着文学边缘化，而选择了走官场之路或者是下海捞银子了。李佩瑾先是从麻城调到黄冈一所中专学校当老师，后又进了一家杂志社当记者，现在武汉一所职业培训学校当校长。

我以为随着年龄的增长，工作的变换，职务的升迁，李佩瑾也与别的文学青年一样，早已把文学抛到瓜哇国去了，能看在自己曾经爱过文学的份上，正眼瞧一瞧仍旧写作的人们已经是翻身而“没有忘本”了。没想到20年后的一天，已经当了校长的她，突然打电话来请我为她的散文集作序。

我不无疑虑地报了个QQ号，让她将散文集的电子版发给我看看再说——我见过一些行政官员将自己布置工作时的发言稿也收集起来出散文集。也有些自诩才女的小女子之作，貌似才气逼人，实则脂粉气浓郁。如果为此类集子作序岂不太没面子？

一本名为《天香夜染衣》的散文集很快便发了过来。一口气看完后发现，第一章花期，第二章岁月，第三章风景，第四章浮光，第五章掠影，每章均以画龙点睛的两个字做标题，十多万字，不断有美好的场面和事物在我眼前呈现出来，让我又一次领略到，何谓精彩纷呈！

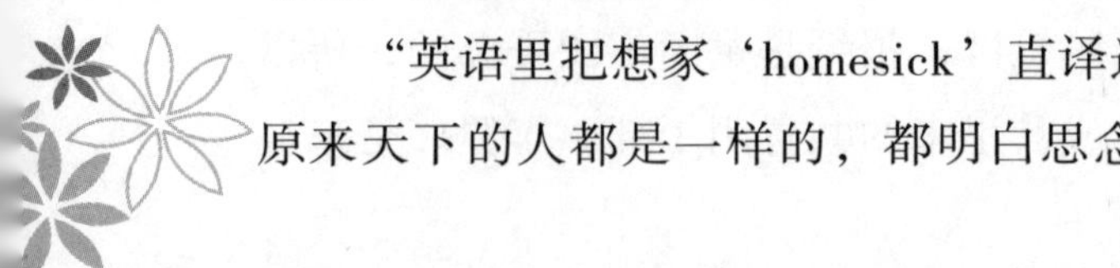

“英语里把想家‘homesick’直译过来就是‘想家的病’。原来天下的人都是一样的，都明白思念是一种病。我跟先生结

婚二十多年来，总有些迫不得已的分离。每一次分离都是一场大病，让人忍不住写下些酸溜溜的小文章……”这是第一章散文《思念》的“开场白”，接下来“多少年来，我们恪守着‘不辱于人谓之贵，不取于人谓之富’，觉得自己既富又贵，活得平淡坦然而又充实……从青春年少到霜染双鬓，除了一线情牵，还须有一种知足常乐、随遇而安的胸襟。”《思念》里并没有什么离奇的故事，却能让人读出眼泪来。

再看作者在第二章中《昨夜闲潭梦落花》里这样写道：“我曾经得到一次禅修机会……俗称打‘禅七’……禅修时每天坐八支香，第一天，混乱无比的思绪让人无法平静，脑子里奔如江河，身上汗如雨下。第二天导师要求我们在静坐时回溯自己的一生。……我们到了初一下学期男女生就开始不讲话了，哪怕是同桌之间也不讲话，还要划‘三八’线。记得有个男生每周末总要给我一本新的小人书看，总是偷偷地给我，可是我总在周一上课的时候大大方方地还给他，弄得他很尴尬。我真的不是故意让他难堪的！我只是不懂又没做坏事，干吗要偷偷摸摸的啊？笨笨的傻傻的我从小就跟小哥哥野惯了……从来都是大大方方地跟男生说话，还特看不惯有些扭扭捏捏的女生。也许，我的确有些侠气或匪气吧！”

在禅修的环境下，回忆儿时男女间的趣事：邻家有女初长成，不仅没有情窦初开的温柔，反倒有“野丫头”般的侠气与匪气。画面别有一番风采。

当然，女人也有女人的苦恼，特别是长得很漂亮、原本是生来让人怜爱的小女人，却又不得不出来“创业”。

创业尚未开始时，美女的感觉是：“干枯的杨树枝冒出了鹅黄嫩绿的芽，春实实在在地来了。”

创业之初，美女的感觉是："好像在抬手与放手之间肆意地丢弃着什么；而在遥远或并不遥远的时光之外，我预感到也许有什么不同寻常的事情要发生了。"

在创业过程中，曾经有一次："秘书来家里汇报工作，留她一起吃午饭。席间，宝宝问她，到什么地方买过年穿的衣服比较好些？她很认真地说：'你今年只能到汉正街去买了，因为你妈妈已经是穷人了哦！'宝宝很诧异地说：'妈妈，我这次回家就觉得你瘦了好多，憔悴了好多，你怎么了啊？肯定有事瞒着我……'"

多年之后美女才告诉我们："我那白手起家的小小事业，早已进入正轨，发展平稳了。如今看看刚开始创业时的艰辛，真是颇有几分感慨：若无这些在烦恼里追求幸福的决心，又怎么敢直挂云帆济沧海！"

这些来自第四章里的文字，让我心目中的这位很美很美的小女子一步一步地高大起来。正是这种感觉，让我忍不住回过头去看第一章中的第四篇《好女人》：

"我总是忍不住思索'女人'这两个字。从生理上讲，这是一个性别；从社会上讲，这是一种身份。更多情况下，'女人'是一种说不清、道不明的心情。我总忍不住问自己，怎样才是一个好女人？这些年来，因为心头萦绕不去的疑惑，渐渐写了不少小女人的文章……也许能从某些角度回答这个问题吧。"

接着，这个"小女人"一口气写出了《女人与花》《女人与酒》《女人与爱情》《女人与男人》《女人与寂寞》《女人与情调》、《女人与孤独》等一大串极为简短的小散文。"小女人"说："我大概不算是作家，只是一个把心思写出来与人分享的小女人。小女人用我手写我的心……"在认真拜读"小女人"的

《好女人》之后，我脱口而出：“李佩瑾是个好女人！”

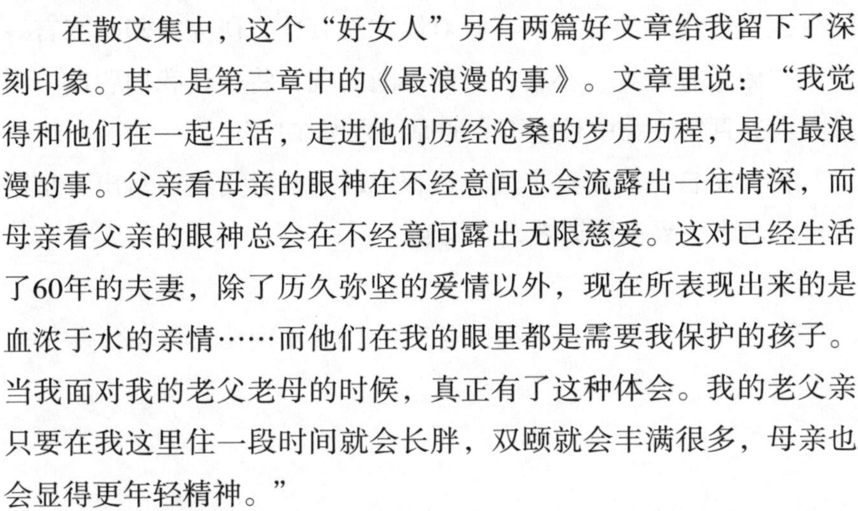

在散文集中，这个“好女人”另有两篇好文章给我留下了深刻印象。其一是第二章中的《最浪漫的事》。文章里说：“我觉得和他们在一起生活，走进他们历经沧桑的岁月历程，是件最浪漫的事。父亲看母亲的眼神在不经意间总会流露出一往情深，而母亲看父亲的眼神总会在不经意间露出无限慈爱。这对已经生活了60年的夫妻，除了历久弥坚的爱情以外，现在所表现出来的是血浓于水的亲情……而他们在我的眼里都是需要我保护的孩子。当我面对我的老父老母的时候，真正有了这种体会。我的老父亲只要在我这里住一段时间就会长胖，双颐就会丰满很多，母亲也会显得更年轻精神。”

其二，在第一章的《花开的声音》中，李佩瑾说：“大约10岁时，爸爸妈妈送我去看外公，他们是看着我上车的，但是他们没想到我会被窗外的景色诱惑而中途下车。外公在二姨家，二姨在山河镇，我还没到闫河就下了。然后沿着盘山公路前行，一路上不是摘野花就是追蝴蝶。后来又渴又饿，终于在翻过一个山岗的时候看到了在暮色中眺望的外公。外公小跑过来抱起了我，他的眼里竟噙满泪水。他说，我的乖乖，还以为拐子把你拐走了啊！他焦急的神情让我知道自己因为贪玩而闯了大祸。从此，我再也没有独自走过那么远的山路，哪怕无数次的梦想流浪和放逐自己，也不曾再做过如此荒唐的事情。”

《天香夜染衣》告诉我这位“小女人”小时候是个好女孩，《最浪漫的事》告诉我，这位“小女人”长大后是个好女儿，两篇文章叠加后告诉我，这个“小女人”是个好女人。我相信这本文集将会以其与众不同的文笔告诉读者：最好的作家是生活与苦难培养出来的，而不是学院派。他们没有多少功利意识，所以更

接近艺术的真谛。这本集子里是一个“小女人”用“心”写出来的令人赏心悦目的好文章。我对散文没有什么研究，却想妄言一句：“因为有此类‘小女人’的不断涌现，将会让我们明白中国散文在这百年沧桑中长盛不衰的原因之所在！”

仅仅将自己阅读这本文集过程中的一些感受逐一写出，是以为序，若有不妥敬请读者诸君海涵。

2012年12月19日于湖北黄梅苦作舟书斋

序二

好女人像牡丹

草　木

这本散文集的作者是我多年的朋友。我认识她的时候，她还在一家建设杂志社工作，偶尔给我的副刊投投稿；现在她有一所自己的建筑培训学校。她每年都会做一些慈善，喜欢喝茶、论道、练瑜伽，最近还在练习肚皮舞；人长得丰腴富态，却爱穿明艳的衣裳（那些服饰如果换一个人穿戴肯定会给人俗气的感觉，而她却能恰到好处地驾驭那些大花大朵和缤纷的色彩）。

我遵嘱写这篇序文时，她的集子的大名还没最后确定。很多朋友提议用“木槿花开”作为散文集的名字，而据她小文《木槿花开》所云，木槿花朝开暮落，有日新之德，十分独特而她自幼就很喜欢。她曾说自己退休后要写部长篇小说，名字就叫《木槿花开》。而此“槿”也容易让人联想她名字里的那个“瑾”，岂料她却不同意，说这名被什么人已经用过，而且木槿还是韩国国花，她也不是哈韩族。于是有朋友提议用“暗香盈袖”作为书名，她却一直未置可否。我暗中观察以及从字里行间揣摩，觉得她似乎并不喜爱梅花。我想，梅花虽贵为国花，但以枯瘦苦寒为美，不符合作者的体态和意趣。在否定和搁置了别人的意见后，她提到不如将“暗香”改做“天香”，并且把她集中的第一篇就命名为“天香夜染衣”。我心中暗道，这不就是“有暗香盈袖”的姊妹篇吗？虽然同为国花，一个是枯瘦苦寒的梅，一个却是雍

容华贵的牡丹。

不仅文集第一篇是写花，全书八部分的第一部分就取名“花期”。其中一篇《女人与花》说道：“自古至今常把女人喻为花，不管女人如何反感这种物化的比如，它却早已成为约定俗成的审美情趣。”《天香夜染衣》开宗明义：“若用花比作女人，牡丹花似的女人无疑是女人中的极品……”牡丹花一样的女人有骨气有志气，有不服输的意志；牡丹花似的女人大气而温暖，从不玩弄暧昧，她无需外界的滋养，就可以温润自己；“牡丹花似的女人优雅而从容，在过尽千帆之后，她已宠辱不惊……”“人到中年再读这句‘天香夜染衣’”，“如同稚子游园不能离去”。窃以为，这段文字可以当作这集子全部的旨趣。接下来从书中所写的她的生活、家庭、朋友、事业、心得中，我们可以看出一个女人如何在通向富贵明艳、宽容优雅的道路上一往直前。

做一朵牡丹花，光有种子还不够，还要有合适的土壤。她说：“要做一个比装点自己美丽外表更精心百倍地装点自己内在的女人，完全应该能拥有充实辉煌的人生。”书中提到，她最终离开了明亮的办公室而闯荡商海。在头一年的生意中，她用了“一败涂地”来形容，连过年的衣服都要到汉正街去淘廉价货了，可谓真正尝到了穷人的滋味。反观失败，似乎是文人气质令她不能义无反顾地在商言商。好在朋友和伙伴对她的为人欣赏有加，危难之际仍然不离不弃。后来，正如我们在她集子“浮光”一部的章首感言所见，“我那白手起家的小小事业，早已进入正轨，发展平稳了”。这其中的很多小插曲、小故事，被她写出来都成了自嘲和幽默的段子，比如那篇脍炙人口的《蚂蚁搬家》。牡丹花一样的女人，不是苦菜花一样的酸女人，不是迎风傲雪的强女人，也不是含羞草似的小女人。她有着宽广洒脱的情怀、优

雅的生活情趣和追求自由的行动力。

我仔细看过全书，讲到花的章节，就有《樱舞时节》《龟山杜鹃》《踏访杏花村》《骤雨打新荷》《迟桂花》《佳节又重阳》和《花开的声音》。可见作者对花有着特别的审美情结。在《花开的声音》里，在谈完了海棠、仙客来、仙叶菊还有报春花后还谈到了梅花，“花开的声音要到东湖梅园听，那里有如霞似景的繁华。如果说家里的花儿是婉约的江南小调，梅园就是大气磅礴的交响乐了。那一树树的繁花喧闹着似水流年，姹紫嫣红开遍。那些含苞待放的在软语呢喃，盛开的在引吭高歌！似乎还能听到阳光落地的声音！”

与大多数中国文人的审美趣味相一致，作者也喜欢荷花的清雅脱俗。除此之外，樱花、菊花、杏花乃至桂花，都能牵动她的心情。在我看来，能欣赏郁达夫《迟桂花》的人，都是有相当审美水准的人——那种清新、惆怅、婉约带着一些情色的暗示，是真正的美。

除此之外，作者优雅不俗的情趣也体现在书中的多篇游记中，例如游记《梦萦澳门》。作者在一天的澳门行程中，居然有空闲和心情参观澳门海事博物馆，还“顺着历史建筑群的标记慢慢步行整个老城区”，找到圣约瑟修道院、岗顶剧院、老葡澳总督府、圣老楞佐堂、圣若瑟修道院小堂、主教府、西望洋圣堂、圣珊泽宫等处。我知道一般国人到了澳门，除了赌场和妈祖阁外，能看的也就是圣母玫瑰堂、议事厅前地、大三巴牌坊几个地方了。而从与众不同的游记中，多少可以看出主人的生平喜好来吧。

有意思的是，那篇《木槿花开》最后却从全集中剔出了，我不知道作者为什么这样做。不过，基本内容在《月湖听雨》一

文中还保留着。作者谈到与木槿花的缘分，是小的时候村前屋后都种了这种花，后来她解此花语是温柔的坚持，朝开暮落，生生不息，有日新之德。“绕湖一周，天就全黑了。周先生意犹未尽，要去找木槿花。可是此时的木槿花已经全落，已找不到那丛花树，远处的坡上有树很像，我们就绕道小路过去，却不是，那花仍在枝头，紫色的。然后下坡的唯一一条路泥泞难走，老艾急匆匆地走在前面，我就回头对周先生说，拉着我，我穿的高跟鞋呢。这个时候完全顾不了‘男女授受不亲’的古训了，安全第一。老艾回头看了一眼有些怅然。”很有点郁达夫《迟桂花》的意境和情调，不过那丛花经事后证实只是木芙蓉，因为薄暮和雾霭，或者说是心情的原因吧，被看成了木槿。

木槿花的花语让人很容易联想到佩瑾，温柔的坚持永恒的爱，事业、家庭、社会，亲情、友情、爱情，像牡丹花一样的女人是我们生活中不可多得的风景。

2013年9月20日于汉口草木书斋

第一章 | 花 期

花期缠绵，相思悱恻；我最情愿的，是将这两个泥人打碎，再捏成“你中有我、我中有你”的新模样。

天香夜染衣

“国色朝酣酒，天香夜染衣。”这句唐诗，道尽了牡丹国色天香的神韵。

牡丹盛开的时候已没了桃红、梨白与杏黄，东湖听涛景区梨园广场南侧的牡丹园却有着满园春色。那细而长的花枝和形似手掌的叶子，托起怒放的花朵，各色牡丹五彩缤纷蔚为壮观：红、黄、蓝、白、粉、墨、绿、紫。红的似丹像火，宛如红玛瑙一样晶莹；白的似冰若银，宛如白玉。此外还有金黄、粉霞，绿的如豆，黑的似墨。花朵硕大，花瓣肥厚，花蕊层次分明。那枝“豆绿”，青翠欲滴；那束“墨玉”，晶莹剔透。花瓣最多的牡丹要数“魏紫”，约有六七百片花瓣，是牡丹中的皇后；最红的是“火炼金丹”，颜色近似国旗，红红火火；最蓝的是“蓝田玉”，粉里透蓝，喜庆静穆；最佳的间色牡丹“二乔”，一朵花上两种颜色混搭，一气呵成妙不可言。置身于花海，微风吹过，清香扑鼻，心旷神怡。

有人说牡丹媚俗，却不知道她的铮铮铁骨；有人说牡丹富贵，却不知她历经贫寒且知恩图报。牡丹花自有刚正不阿的从容与自重，即使是豪迈霸气的女皇武则天，也不能令其趋炎附势折腰开放。当年御花园中的百花都不敢违抗武则天的圣旨限令，在白雪皑皑的冬季里一夜之间竞相怒放，让女皇饱饮权势淫威。独有牡丹，铮铮铁骨不畏强权；自尊自重，从容而平和。安详而坚定的牡丹花，在冬季里保持着自我拒绝开放。为此而被贬谪洛阳的牡丹，给洛阳一地英霞烂漫，更加灿烂地绽放在枝头。牡丹总是把沧桑掩藏起来，在岁月的风霜里，保持其尊贵的底蕴和从容的靓丽。

若用花比作女人，牡丹花似的女人无疑是女人中的极品。

牡丹花一样的女人是有骨气、有志气的。初生时如小草般平常，在茫茫天地中经历风摧霜侵而艰难地成长。她从不媚俗也不依赖，面对诱惑时一身正气；她积极向上勤奋、努力，面对艰辛时不屈不挠。就像在贫瘠的土地上顽强生长的牡丹花一样，她拼尽全身力气汲取营养和能量，最终成就了绽放时的无尽芳华。

牡丹花似的女人有着不服输的意志。面对一次又一次失败，她从不气馁也决不放弃。贫贱不移、富贵不淫的牡丹花，一步一个脚印地从坎坷里走出来，用实力铸造她的灿烂至极，尽显雍容华贵、辉煌厚重。

牡丹花似的女人是大气而温暖的。她惜老怜贫，从不吝啬；她倾其所有，去追求梦想。同时，她也是温柔缠绵的，她会珍惜身边的一切人和事，更会轰轰烈烈地爱一场。当爱情逝去后，她绝不会像小女人那样寻死觅活，而是收拾心情，去做应该做的事，尽量把生活过得精彩。

有牡丹花似的女人相伴是一种幸福，因为她从不玩弄暧昧。明朗乐观的牡丹花，不但会真心善待，给你激励和帮助，更会指给你看清人生的黑白分明。她毋需外界的滋养，就可以温润自己、提升自己。她的豁达聪明往往出人意料，因为在她那华贵典雅的外表下，有着自然天成的暗香浮动。她灵魂里的天然之美，经久不息地激励和滋养着自己。

牡丹花似的女人优雅而从容。在过尽千帆之后，她宠辱不惊。时间往往也对这种女人格外偏爱：岁月风霜不仅无损她的美好，更让她沉淀出低调华丽的优雅。

看牡丹，会被她的千姿百态倾倒；遇到牡丹一样的女人，会因她的万种风情而震撼。少年读诗不懂诗，人到中年再读这句“天香夜染衣”，不仅更爱牡丹，而且沉醉于国色天香之中，如同稚子游园不能离去。

思念

英语里单词想家“homesick”直译过来就是“想家的病”。原来天下的人都是一样的，都明白思念是一种病。

我跟先生结婚二十多年，总有些迫不得已的分离。每一次分离都是一场大病，让人忍不住写下些酸溜溜的小文章。现在虽依然聚少离多，但早已没了年少时的激情，平淡之中再看看这些曾经的辛苦相思，觉得好笑又有些感动。这些大概也算是我手写的情书吧！但我知道，即使不写出来，这些情谊也已经传达到先生心里。

你不在家的日子

睁开眼，四周是雪白空洞的墙壁和穿着白衣的护士，我吃力地搜寻你的身影，却怎么也找不到。为了生计，也为了那个“恃才走天涯”的梦想，你很潇洒地走了，只让思念陪伴我。

我总是固执地想起那些远逝的日子，那个小姑娘和小伙子，在一起看满园桃花，听梧桐细雨，一起感受芳草天涯的凄迷和悠远。

在爱情的深海里，女人绝对比男人沉沦一千倍，真正的“滴水之恩，涌泉相报”，真正的“才下眉头，却上心头”，真正的“金风玉露一相逢，便胜却人间无数”。情义无价，万丈红尘中有个人爱我，足矣！毋需富贵荣华，只要终生相守，共同面对所有琐碎平凡的岁月，微笑着走过三百六十五个平淡的日子。

没有你的日子里，我总是撑起一把伞，遮住一切阳光，只在躲躲闪闪的诗集里，用情感盈溢的文字排列绮丽的梦想；总是在身边筑起一堵墙，以为自己是徘徊在悠长而又寂寥的雨巷里孤独的诗人，苦心孤诣地寻觅着丁香一样的愁怨。

思念是张不可触摸的网，雪白空洞的墙壁如荧屏般映现出你的身影，你正踯躅在熙熙攘攘的十字街头，望着别人匆匆如云的步履，聆听潘美辰《我想有个家》的叹唱；你正拖着孑然的身影走在异乡的小路上，为头破血流的自我想着寂寥的无奈……我终于忍不住紧闭双目，让淋漓的泪滴徐徐入口，苦苦涩涩。

多少年来，我们恪守着“不辱于人谓之贵，不取于人谓之富”，觉得自己既富又贵，活得平淡坦然而又充实。可你突然说要让我过得更好，便固执地远走天涯。从青春年少到霜染双鬓，除了一线情牵，还须有一种知足常乐、随遇而安的胸襟。

思念越过你的定格，映现出悠悠流水，隐隐青山，寂静的原野，喧嚣的城市，所有的朋友亲人，所有的往事都纷至沓来。我被温馨的情谊感动得笑了。感谢思念，在痛苦的时候以最好的笑容给我。

我静静地躺在病榻上，窗外的秋意弥漫而来，紧了紧被单，任思念的潮水浸湿心田。“多情自古伤离别，更那堪冷落清秋节！”有爱心的人，大多多情，多情就会思念，有思念就会牵挂，有牵挂就不会孤单。

如果我们相守无缘或不得不暂时分离，那就选择思念吧！

我离家的日子

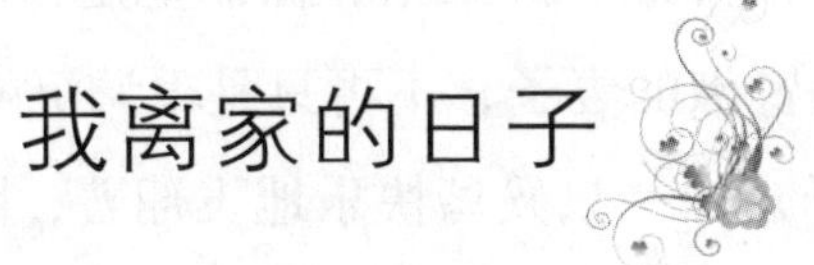

居家的时候拥着丈夫，抱着孩子，劳累而惬意，满足得无奈。

离家的日子，背着行囊，带着希望，看精彩的世界，孤独得诗意。

在异乡的夜里，和女友谈孩子谈男人谈琐事，夜阑人静，毫无倦意。女人就是这个样子，无可救药的恋家，居家烦家，离家念家，梦中依然是家。

离家的日子，不用洗衣做饭买菜送孩子，用不着早起，赖在床上，做久违的少女梦；想途中坐在巴士的窗口，眺望无垠的田野，泥土的香气扑面；忆小站等车时的邂逅，陌生男子的关怀，以为还未过花期；独倚楼栏，看脚下浠水河夜涨潮落，听晨鸟啁啾，编织爱情的梦幻。

长途电话里传来熟悉的声音“你好吗”，鼻子酸酸的，真想立即躲进暖暖的臂弯，做个甜甜的梦，精彩的世界里我却孤独得想伏在一个宽厚的肩上哭泣。

离家的日子，遇见这么多值得热爱和欣赏的人们，相见恨晚，几句闲言琐语，男朋友女朋友便喧成一片，让青春再骚动一回，让心再沐浴一次朝霞，把似水柔情尽情宣泄在友谊里，让万种风情赶走百年孤独。

离家的日子，甘心相信恭维，情愿接受呵护，外面的世界很精彩很可爱，去挥洒一片柔情，潇洒地走一回。旋转的华尔兹里，不再只是贤淑的妻子，不再只是单调沉闷的一方人生。

离家的日子，像一只候鸟快乐地飞翔着，眼前的世界是多么广大,人生是多么丰富。离家的日子才知道不只是丈夫、孩子，不只是柴米油盐酱醋茶，家是灵魂的居所，是精神的窠巢。

离家的日子，就想衔几枚树枝、几缕阳光、几点泥土飞回去，筑那一生一世的栖地。

年轻的时候，以为爱情是生死相许、轰轰烈烈，年岁渐长后，认定爱情是抵死缠绵、相思入骨。在有了家庭、有了孩子、跟最爱的人在一起几十年之后，才明白爱情就是两个相爱的人成为一个家。

这个家，是两个相互吸引的灵魂合成一个完满的圈圈；这个家，是一个走到哪里就想到哪里的牵挂；这个家，是一个千里万里也要归来的避风港。

我听说世界上最浪漫的三个字，不是我爱你，而是在一起。所以世界上最浪漫的一件事，是我们一起变老，一起看日出日落。

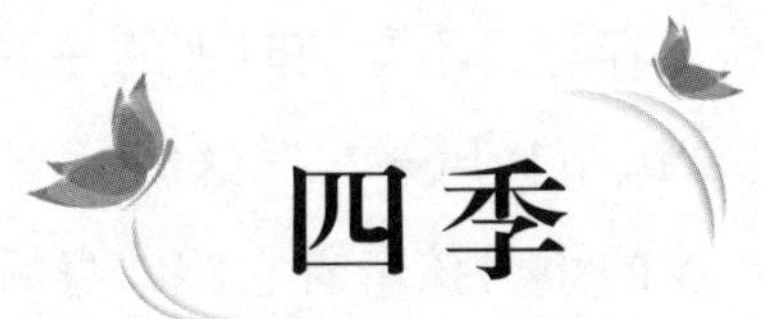

四季

收拾旧日文字，看到一篇篇文章记录着一件件小事情。时光荏苒，在这些小事情小文章里，我看到字里行间满溢的脉脉温情，也重拾起那些美好的回忆。在此把过去的小文章整理到一起，纪念我们相互珍爱，一起走过的日日夜夜、春夏秋冬。

春之萌芽——放风筝

今天，先生突发童心在街上买了一只凤凰风筝，一吃完晚饭，便拉着我和女儿“放风筝去”。一家人一溜小跑，来到了附近的体育场。

春寒料峭中的体育场有些空旷冷清，只有几个小伙子在踢球。先生和女儿迎风跑着，风筝越放越高——美丽的凤凰在空中飞舞着，十分潇洒，十分悠闲。我看呆了，思绪不禁飞回到童年：金灿灿的阳光下，梳着一对“小羊角”的我牵着风筝在故乡的田野上奔跑……

“哇，好漂亮的风筝！好长的线！”我循声望去，只见一对老夫妻正手挽手望着空中的“凤凰”赞叹着，那饱经风霜的脸上笑盈盈地盛满了春意。不知何时来的一群孩子，正跟在先生的身后欢呼着：“风筝！风筝！”这时，空中又飞来了一只花蝴蝶，一个七八岁的小男孩牵着它跑，身后跟着他年轻的母亲。凤凰和蝴蝶在空中时而比翼双飞，时而或高或低或前或后。“凤凰加油！蝴蝶加油！”孩子们喊着跑着，吸引了许多行人驻足，顿时，空旷寥落的体育场变得春意盎然起来。

看着飘舞的风筝和热闹的人群，我突然想，这不是一幅极美的春日图吗？那相扶着散步的老夫妇，那活泼可爱的儿童和我那童心未泯的夫君，不都是人间极美的景致么？只要线儿牵紧，风筝无论飞多高都无妨。家不就是风筝的线么，每个人只要心中有家，那么，无论在哪一片天空飞翔也不会迷失方向。

在仍有一丝寒意的初春中，牵挂着家的风筝，在天空中放飞了我们对新一年的期待、祝福和希望。但愿年年岁岁，一家人彼此照顾、相亲相爱。

夏之清幽——夜游天堂寨

炎炎夏日，我躲进大别山找一丝清幽。带着登天堂寨主峰的辛劳，其他人早就进入梦乡，而我却没有任何理由地失眠了。

如果硬要究其根底，只能说，比起家里的酷热来，这海拔一千多米的天堂寨之夜是太温润太轻暖了，丰盈而神秘，渐渐地，我的心也一点点地丰盈起来。失眠人的心太轻松、太任性，以至于不舍得睡去；心思也不知道飘荡到哪里，在夜色里，游荡在这美好的天堂寨。

夜风走过，屋旁的小溪传来潺潺流水声，轻轻薄薄的夜覆盖了下来，白日明朗的山色添了一分妩媚，三分神秘。随着夜风悄悄密集、山溪越发婉约，恍然中，我把这天籁之音听成了爱情。

不肯睡去的风跟山溪，趁无人窥探的机会放纵着自己的情怀；我想若光着脚偷偷地跑出去，定能看得见那份吹弹可破的娇羞；恍惚中，我还能看见沉默的大山伸出一双温暖而有力量的手。在险境中，有一双勇敢而有力的手拉扯着我，那份感激令我铭心刻骨。在人生的栈道上，如果我们每个人都能活在别人的善意里，那么这该是一个多么有情的世界啊！我为徐徐升腾的爱意感动得流泪了。

凉意渐渐地渗透了全身，却不敢动弹，怕惊吓了窗外的精灵。轻轻抚摸一下手臂，偷得这夏夜风华，它们竟如冰肌玉骨一般。莫非今宵未眠的是那个春江之畔花月之下盼望“相忆采芙蓉”的女子？莫非久久未阖的是那滴滴残漏中穿透千年的思念归人的眼睛？借夏夜风华，尽情交错时空。枕畔的小女轻鼾均匀，而我竟把她那一袭浅粉的纱裙看成了一份哀婉的相思。

情贯千古。我知道，在同一夜空下，人间无数的生灵也在为情喜忧哭笑。为情所牵是种美丽。人生，无论是壮硕的还是轻弱的，只要有那么一刻，为情所牵，多多少少就有了温存的回忆。就如同一幅画，即便整幅都是遒劲的线条，但总会在某一个角落里找到一丝纤巧。情之于人，亦如那笔纤巧的细节。

人生苦短。许多人都困在自己期待的成就里而不能解脱，忘掉了自己也有权利去做个快乐的人。而世界也因为有这些苦行者的探索而进步。扪心自问，我也感于使命，感于真理，可在这沉静的夏夜深处，我更是由衷地感于情感。每一个人的心是一个源头，泉水从这里出发。只有每一滴泉水是清亮的，才能汇成人间清亮的海。爱情就是这份清亮，君不见那些心中有爱情的人总是迫不及待地想把它延伸出去吗？

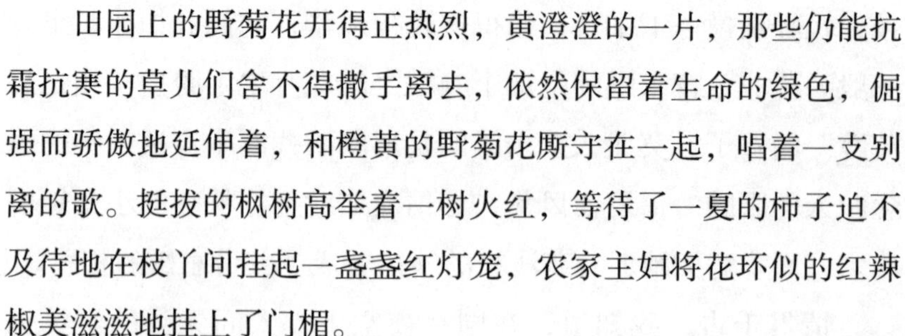

秋之转承——收获与蓄藏

田园上的野菊花开得正热烈，黄澄澄的一片，那些仍能抗霜抗寒的草儿们舍不得撒手离去，依然保留着生命的绿色，倔强而骄傲地延伸着，和橙黄的野菊花厮守在一起，唱着一支别离的歌。挺拔的枫树高举着一树火红，等待了一夏的柿子迫不及待地在枝丫间挂起一盏盏红灯笼，农家主妇将花环似的红辣椒美滋滋地挂上了门楣。

丰满多情的秋，天高云淡的秋，月朗风清的秋，菊黄蟹肥的秋，瓜甜果香的秋——令人迷恋，眼花缭乱。然而几阵冷雨过后，收获的热烈就被淋得七零八落，金秋的黄昏便少了许多繁华。微微的寒意中，我听到了凄婉的蝉唱；又一阵秋风里，一些瑟缩在树上的叶片落下来，团团地打着旋儿，落入了大地母亲的怀抱。

在这从华丽转向萧瑟的秋天，我从如血的残红中想到了生命里许多青果还未成熟却已步入夏秋之交的人生驿站。揽镜而照，竟发现眼角额头有了些许细碎的皱纹。尽管已向生活掬了一捧馥郁的芬芳，仍有些不能尽情如意的失望和遗憾。

是不是这幼稚的激情是一种永不停歇的追求和渴盼呢？纷繁的落英带着些微的温馨与深切的情意，随风飘动着，唱着欢快的歌，这使我宁静地发觉自己仍然稚嫩的情绪，缺少的是秋的成熟。感慨中多了分自勉，便认真地构思起人生的秋天来。

人生的秋天就像自然的秋天一样，已经收获了许多，也悄然凋谢了许多。收获是对于往日勤勉的奖励，那些凋谢的却不需要遗憾只需要坦然接受。这秋日绚烂到令人迷失，却不能忘记一丝萧索提醒着：要记得储存些能量，沉静下来，等待储藏的冬天，以及来年的、令人激昂的、喧闹的春天。

是的，我仍然有着稚嫩的情绪，是因为我内心还有着永不停歇的追求。人生到了秋天，并不代表着可以躺下来享用成就。只是说，到了收获的季节；而这些收获，是为了积蓄力量，等待来年的春天。

“一年好景君须记，最是橙黄橘绿时。”我随着秋的脚步，阅读秋的色彩，聆听秋的歌声，坚信只要自己不蹉跎岁月，就一定能再次拥有一个个充实的秋天。

冬之沉静——寒蝉夜雨

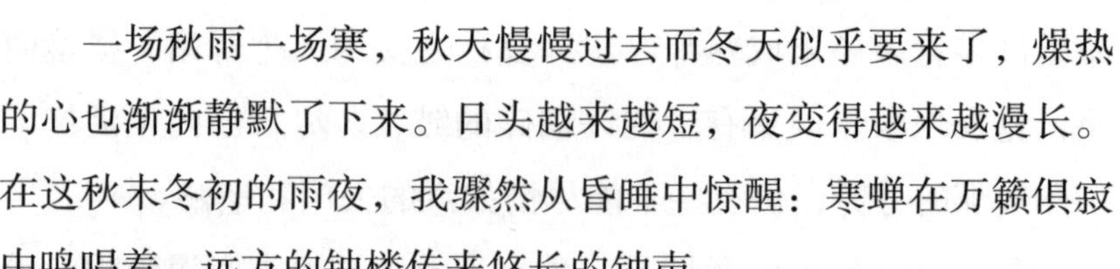

一场秋雨一场寒，秋天慢慢过去而冬天似乎要来了，燥热的心也渐渐静默了下来。日头越来越短，夜变得越来越漫长。在这秋末冬初的雨夜，我骤然从昏睡中惊醒：寒蝉在万籁俱寂中鸣唱着，远方的钟楼传来悠长的钟声。

默默倾听寒蝉夜雨，我睡意全无。秋虫为何要昼夜而鸣？是因为立冬在即、生命即将逝去吗？是因为它深谙生命的短暂，而必须高密度地显示自己的存在么？是因为它生命的全部价值都隐藏在这微弱而令人感动的生命绝唱里么？那么人呢？仅仅因为生命比秋虫千百倍绵长，就可以以各种理由将千百个最美丽、最令人激动的黑夜或清晨慷慨地遗弃么？唯有钟声，以其接近精确的钟声，当之无愧地充当了岁月的量尺。而昏睡的人却听不到它周而复始、振聋发聩的提醒，在混混沌沌之间，生命就这样一秒一秒地无可挽回地失去了。

生命有时是一种痛苦的煎熬，当它遭遇黑暗、龌龊、卑鄙、虚伪的时候；生命有时是一种快乐的享受，当它遭遇光明、纯洁、崇高、真诚的时候。生命似乎永远是在这样的两极之间交错地延伸着。

人生一时一事的得失，似乎永远困扰着我们，倘若能将它置之度外，就能真正超脱烦恼。有的人显赫一时，却只能成为匆匆过客；有的人潦倒一生，却成了历史的天空中璀璨的星星；而有些表面上很幸福的人，实际上很不幸；有些表面上很不幸的人，实际上是很幸福的人。的确，有的人脸上有太多太多的微笑，那是因为内心有太多太多的泪水啊！

在这寒蝉唧唧的黑夜深处，我忽然记起了一首禅诗：开悟之前，砍柴、挑水；开悟之后，砍柴、挑水。每个人都在砍柴、挑水，有的人乐在其中，有的人则埋怨不已。我想生活也是一样的，顺境中，品尝生活；逆境中，品尝生活；爱你的生活便能乐在其中。

某个诗人曾经说过，如果没有冬天，那春天就成为一场庸俗的闹剧了；如果不沉静在这寒冷寂寞的冬日，又怎么懂得生活真正的美好呢？坦陀罗说："要活生生的、更活生生的，因为生活就是神圣，除了生活以外没有其他的神圣，要变成更活生生的，那么你将会更神圣，要完全活生生的，那么对你而言就没有死亡。"

人生四季不是蹉跎和轮回，而是一条循环爬升的小径。

我们一起走在这条漫长黑暗的人生小径上，写下这些不经意捕捉到的闪闪星光。但愿这些微弱的星光，能给看的人带来一点点温暖，一丝丝鼓励；但愿我们的人生里，坚持这些美好的信念和希望，成长为自己喜爱的自己。

据说好作家是不爱看自己写的书的，那我大概不算是作家，只是一个把心思写出来与人分享的小女人。小女人用我手写我心，看看自己的四季，分享着种种心情。

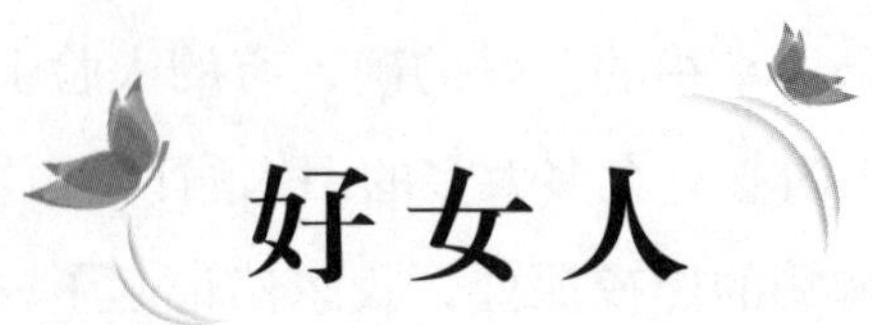

好女人

我总是忍不住思索“女人”这两个字。从生理上讲，这是一个性别；从社会上讲，这是一种身份。更多情况下，“女人”是一种说不清、道不明的心情。我总忍不住问自己，怎样才是一个好女人？这些年来，因为心头萦绕不去的疑惑，渐渐写了不少小女人的文章，现在把它们集合到一起，也许能从某些角度回答这个问题吧。

女人与花

自古至今常把女人喻为花，不管女人如何反感这种物化的比如，它却早已成为约定俗成的审美情趣。其实，生命的质地哪里是几许年轮、几分姿色所能言语得了的。

花总是开放一时，转眼就会凋谢，如花的女人便在凋谢之中飘零下去，但美艳与灿烂总像梦魇般追逐着女人的内心，总想在这个世界开一朵不败的鲜花，开在男人心里。

其实，这朵花只有开在女人高洁的心里，去精心呵护一份属于自己的事业，精心编织一个温暖如春的家，才能常开不败。不要管岁月的刀痕给脸上增添了几道皱纹，纵使了无花韵，也要使心梦夜夜浮出，不要败在初梦的选择之中，抹一脸脂粉，去寻另一场欢情。

花开心里的女人是可爱的，她因可爱而美丽。美丽的女人围住心爱的丈夫，把全部心意用在青菜豆腐之中，去做生命的另一场劫缘，那份鲜活浓得化不开，全在日日相伴的心造之中。然后相约黄昏，将绚丽的夕阳尽收眼底；漆黑的夜晚，女人守望满屋的灯火，那橘黄的暖色，晃在眼前，映在心底，永久地柔曼不灭。在柔美的灯下教儿女学汉字或给丈夫钉扣子，平凡中自有一份甜美的收获，黯淡中自有一份靓丽。心便遮蔽在温暖中一寸寸地度尽女人这场为妻为母的一生，将片片心瓣一路飘洒过去，飘向爱人的心上，飘出一生的丰实和娇宠。

其实，女人的花，不会开在途经的路旁，不会被人随手采撷，而会悄悄地送给一个人，在爱的折光中，一年年灿烂，一年年美丽。

于是，女人即使不再年轻，也能走向年年生长的花季，那缕缕纯美的芳香便会飘洒在男人的心里，飘洒在这个大千世界，飘过女人的一生。

女人与酒

看女人喝酒比看男人喝酒有意思。喝了酒的女人往往“面若桃花”，而男人往往会喝成猪肝色或越喝越白。女人喝酒不像男人那样一口一杯地灌，总带有几分温柔几分雅气，而男人却是咕噜咕噜地像喝水一般，好像自己是酒坛子似的。会喝酒的女人在大庭广众之下总是称自己不会喝，而多数男人却唯恐别人说他不善饮。

其实女人喝酒，自古以来就有种种风花雪月的传说。商纣王的妲己和周幽王的褒姒，都是善饮善乐的一代妖姬，陪帝王饮酒作乐、歌舞升平。豪富之女卓文君为了爱情，与上无片瓦、下无寸土的穷书生司马相如私奔后，迫于生活，开起了酒肆，每日与夫君饮酒抚琴，聊以自慰。“一骑红尘妃子笑”的杨玉环，酒后别有风韵，令后人演绎出了“贵妃醉酒”这折香艳又凄婉的动人大戏。表妹唐婉，也曾在陆游心中留下了“红酥手，黄藤酒”的刻骨记忆，也令世人念念不忘这其中的曲曲折折、欲语还休。

酒似乎与诗文结缘，古时文人常有饮酒作诗之雅习，其中不乏女人。但读女人的酒后诗文，总让人觉出某种凝重与苦涩。品李清照的诗词，即能品出这种况味来。“昨夜雨疏风骤，浓睡不消残酒”，“东篱把酒黄昏后，有暗香盈袖”，“三杯两盏淡酒，怎敌他晚来风急？”这字字句句，诗中有酒，酒中有诗，缠绵悱恻，让人黯然神伤。

如今，饮酒作诗文的女人好像不多见，但女人饮酒仍不乏其人，但仔细研究一下，现代的女性大多并不爱酒，而是迫不得已。曾有位女友在宴席上被灌醉，她先是不停地说笑，后来就哭了，哭了一会儿又笑，我看着很难过。那份“悲壮”使我不禁想起了《红楼梦》里的尤三姐，当贾琏与他姐姐尤二姐偷情之后又想借着酒意来调戏她时，她毫不畏惧，痛骂一顿后便开怀畅饮，那满含悲愤、豪爽刚烈的神情使人忍不住流泪。

女人和酒在一起，似乎少了男人那些快意恩仇，却多了些心酸……

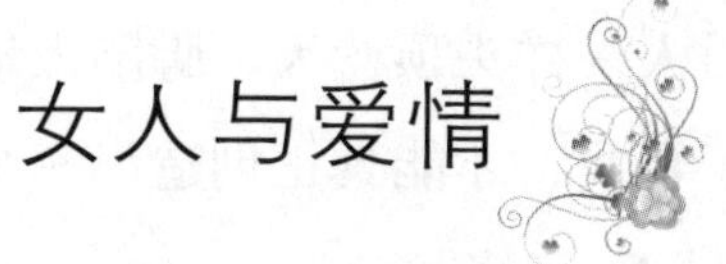

女人与爱情

女人最挂心的是爱情婚姻，可中国历史上女人偏偏最缺乏的也是爱情。上下几千年漫长悠久的历史，充盈着英雄强盗以及皇帝和臣子间的权术，历史的尘埃飘荡着铁马金戈，小桥流水人家只是时隐时现而且少有可歌可泣的爱情故事。至少翻开史书用“杀声震天、旌旗蔽日”歌颂的总是那些誓死效忠、不顾家不要命、宁死不屈的铁血男儿。

唐明皇是极少见的以帝王之身对女人付出真情的男人，可他最终还是以杀死如花似玉、温柔可爱的杨贵妃来平民愤，把败国之祸转嫁给一个弱女子。女人们在“红颜祸水”“唯女子和小人难养”的怒吼声中，战战兢兢地挪动三寸金莲，瑟缩着“足不出户，笑不露齿”，就算是文武兼备、柔情似水的刘备夫人孙尚香也难逃劫数。美人计，连环计，计计牺牲的都是女人，成全的都是旷世丈夫。

只有现代这种全新的文明，才能让爱情堂而皇之地走进婚姻，女人才能体味到一种严谨而优雅的人生。不知何故，现代的婚姻突然间又变得危机四伏、兵荒马乱、险象环生起来。在一片“男人爱漂亮，女人爱潇洒”的歌声里，都市盛行情人风，一妻六妾的曝光，令女人恐惧不安，年老的女人害怕年轻女性的入侵，年轻女人害怕比自己漂亮的女人出现，女人成了女人的假想敌。

其实，每个女人的真正敌人是自我。女人只有自尊自爱自强自立，才能和男人一样头顶蓝天、脚踏大地地为家庭、为社会尽义务。超越了自我，才能真正创造出一个男女平等、相亲相爱的文明世界。

女人与男人

女人，最大的奢望，恐怕都集中表现在男人身上。

太初之时，上帝为了解除亚当的孤苦，用他的肋骨给他造了一个温柔多情的夏娃，从此他们便在鸟语花香、春风荡漾的伊甸园里过着双飞双栖、生死相随的甜蜜生活。上帝的伟大之处就在于他制造了一个夏娃，而没再造亚当。一对一的选择，伊甸园方能保持她的宁静和美，而现代社会里有无数个亚当、夏娃，于是便发生了错位离婚的悲剧。

现代的夏娃们在最初大概被爱情的光芒弄眩了双眼，总以为自己选择的男人是个稀世之才，几句炽热的情诗里，会幻化出一个大作家的身影，几套被爱情激发的小聪明，会被当作能成就大事业的基础，甚至看来不祥的家世，也会被她幻想成名门之后，富家子弟……

幻想总是要破灭的，制造幻想的女人不知晓这是咎由自取，反而将一腔恼怒泼在男人身上。她抱怨他作假，骗取了她的爱情，指责他不思进取。她每天对着她从前的偶像数落个没完没了，长吁短叹汇成了大潮，只把男人冲得不能自主。

其实，有时候，不能成功并非是男人本身缺乏天赋、才能和努力，要知道，生活的大潮往往会把一些真正贵重的东西卷入海底，而让一些泡沫浮在表面。有的女人不了解这一点，她只埋怨失败这一事实，却不分析失败的原因。她只讥笑男人的无能，眼见别人的胜利，抱怨自己的命苦，也不让男人舔一舔受伤的创口，整天挥动着鞭子，把男人赶往战场，弄得男人整天像垓下之战后的项羽，时时悬着“无颜见江东父老”的羞愧，把家变成了地狱。于是，男人或逃跑或沉沦；于是，一场场悲剧在上演。

男人如粗糙坚硬之石，女人如温柔流动之水，水和石头最易亲密无间地契合，且能入骨浸髓。巴尔扎克说过：“好女人天生能造就好丈夫。”我想，这种造就手段大抵靠的是温柔如水的性格和坚韧不拔的个性，不会是刁蛮强硬、凶悍泼辣。

其实，女人不知道，家就是她该营造的伊甸园，相濡以沫、同甘共苦就是爱的本质。家里,应该有暖暖的火炉、飘香的饭菜、干净的被褥，有一个无条件爱你的亲人，不因你显赫而恭维你，也不因你的落魄而歧视你。在她面前，你永远可以得到一种承诺，哪怕世界都沦陷了，这里还有一个孤岛供你栖息。

当女人用温柔和耐性来珍惜爱情，就一定能拥有一座快乐的伊甸园。

女人与寂寞

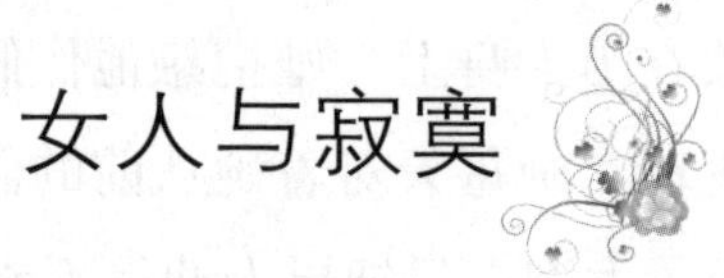

有月的晚上，独喜坐在书桌旁望窗外如水的月儿，月辉倾泻在花架上，水仙花凉津津的一片……我的心潮便在一片涟漪中升腾起一种莫名的寂寞来，思绪便在一种无味的心境中任性飞扬。

寂寞中，爱忆起“雾失楼台，月迷津渡，桃源望断无寻处，可堪孤馆闭春寒，杜鹃声里斜阳暮”佳句，能体会到“高楼目尽欲黄昏，梧桐叶上潇潇雨”的感伤；面对飞逝的时光和难以追忆的往事，会感慨“杨柳岸晓风残月，此处经年，应是良辰美景虚设，便纵有千种风情，更与何人说”的无奈。总之，在寂寞中，会享受寂寞的女人，就会生出许多古典情绪。

现实中，寂寞的女人面对的是一个生疏、冷漠、孤寂、格格不入的人事社会。生来柔弱的心随着一年一季地更替而消失，不怎么再流露自己的饥渴和不幸，我们端庄地、顽固地显示着生活是多么正常和满足。如今，城市间隙里的尘埃无孔不入，一些人在醉生梦死，生活简单成频繁的游戏。灯红酒绿的场所里，那些迷途的女人们没有寂寞，只有空虚，她们不知道在这个物欲横流、金钱崇拜的现实中，确有一个物外的精神家园。我在追寻着这样的家园，但我不知道这样年复一年的追求会何时指引自己走向一个灿烂的日子。

其实，女人的寂寞是一份难得的心境，是一种不闻丝竹而春衫尽湿的感伤；是一种天涯芳草、箫声哽咽的凄切；是一种夕阳西下人在天涯的断肠。能够拥有寂寞，咀嚼时会发现寂寞有时能催化一个人的成熟，能锤炼一个人的意志，情感就会在寂寞中升华！

拥有寂寞、咀嚼寂寞、甘于寂寞是一种浪漫，是一种独特的意境，一种难得的情调。

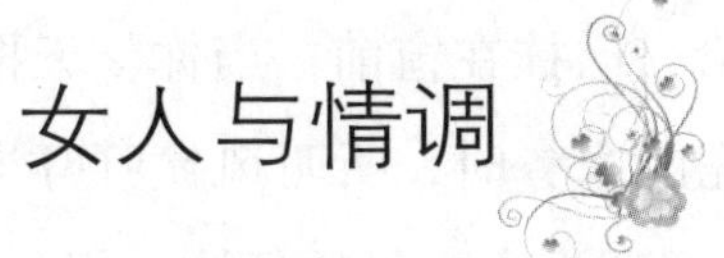

女人与情调

当女孩披着婚纱走进婚姻的殿堂后，那梦幻中的浪漫情调便被严峻的现实撕破了。为妻为母需要吞咽诸多烦乱恼怒的滋味，我渴望超脱一切，而让雨打芭蕉的情调滋润几近干涸、贫瘠的心田，创造出好情调。

情调之于女人，是极其重要的，而情调是无从下笔描述的。它也许是一片氤氲、一缕滋润缭绕心魂，它无形无象却让一个女人更像女人。

现代有些女人和男人一样支撑着孤寂困顿的岁月，不卑不亢地活着。在巨大压力中难于呼吸的女人，难得有好心情听一首音乐，读一首诗，赏一幅画，藉以舒展身心、怡养性灵，她们已丧失了情调。没有情调的女人，往往在恶性循环的精神状态中被岁月一点点榨干热情和活力，心灵在灰暗的挤压中变得干瘪，开始大幅度地衰老了。

女人多么需要情调!

情调并不是容易获取的。女人发自内心的温馨、静谧的感觉只有凭借她自己顽强坚韧的生命力而独自创造，是女人全部修养、智慧、勇气和力量的综合。它与其说是一种品位还不如说是一种造化。那充满了审美气味的浪漫情调，可以使女人在艰辛中葆有一个完整的自我，在优雅和抒情中一扫压抑和绝望的阴霾之气，使女人获得身心的全面健康并且永远充满活力。

送一串风铃给自己挂在窗前，当你整天把自己关在家中干那些永远也干不完的家务时，听听风铃叮叮当当的声音，想象小溪在歌唱；当你吞咽为妻为母的烦恼，想象有夫有子的温馨；当你走进嘈杂的闹市并为几斤蔬菜计较价格时，想象自己是在一片绿茵茵的草地上漫步；当你在偏窄灰暗的人文空间郁闷烦躁时，想象自己挣脱一切羁绊信步来到一片金色海滩。

我尝试着，学会了为自己创造出好情调！

女人与孤独

孤独是一种状态，是一种面对自己的过程。女人更容易陷入这种状态，莫名的孤独感经常悄然而至。不同的人就有不同的面对方式。

睿智的人，孤独时或读书或出游。“心中无一事萦系，然后读书得其奥，游赏得其幽。”面对一盏孤灯，坐一把木椅，读一本好书，便是一种绝妙的享受，更何况“书中自有千钟粟，书中自有黄金屋”；出游亦能自得其乐，因为“文章是案头之山水，山水乃地上之文章”，风景也像人一样各不相同。有的如情人，让你有“我看青山多妩媚，料青山看我亦如是。情与貌，略相似”之感，有的如知己，让你像李白一样“相看两不厌，唯有敬亭山”；有的如帅哥靓妹，“淡妆浓抹总相宜”。

沉静的人，在孤独中会闭上眼睛，聆听一股从心底泛起的清泉，那叮咚的乐声，幽远清晰的旋律，会送来一份心旷神怡的轻松；翻开油墨飘香的书页，放飞思想，睿智俏丽的文字会告诉你：“钱是天使，使缺衣少食的穷人得到温饱，使失学的孩子回到课堂；钱是魔鬼，把见钱眼开的人变成疯子，把腰缠万贯的贪官送进地狱。钱是一把尺子，在成功人士的排行榜里用它来丈量成绩；在法庭的宣判书里，用来丈量罪恶。”在得到这类锦句的同时，也为沉静的人带来了一份“蓦然回首，那人却在灯火阑珊处”的惊喜。在泪水涌出眼眶之前，抬起头来，仰望头顶那方包容了亿万年风霜雨雪的天空，读懂那份不怕一切的恢弘气势后，孤独就会荡然无存了。

于是，便庆幸孤独给了我们足够的时间去咀嚼人生五味，去品尝曾经拥有的爱的温馨；在孤独中聆听小溪轻唱，看大江东去，读沧海沉浮，在孤独中登上南山极顶，领略红日在海上喷薄而出的雄姿。

于是，在孤独中便能用悠然的心情看待人生的坎坷，任它潮涨潮落，云卷云舒、任它落花有意，流水无情、任它海枯石烂，地老天荒。

于是，我们于孤独中向往一种更完美的人生境界；重新选择奋斗目标，确立出击的角度。一旦在孤独中成熟起来，就会不顾一切地冲进生活的洪流。

其实，孤独原本是生命旅途中难以避免的一道风景。接受孤独，跨越孤独，战胜孤独，思想在孤独中成熟，意志在孤独中日益坚强。而思想在孤独中成熟，意志在孤独中日益坚强的女人，恰似一坛陈年佳酿，愈老愈香。

从这个意义上说，孤独也是一种浪漫，是上天送给我们的一份礼物，是人生对我们的一种考验。

而今的世界给了女人太多机会去过不一样的生活，同样又给了女人更多的要求和压力。今天的女人不必再依赖男人过活，但是一个独立坚强的女人也不能放弃她温柔、美好的天性。

曾经有人说，一段好婚姻的真谛是：做一个好人，找一个好人，好好爱一辈子。那么做一个好女人的真谛大概也是一样的：做一个好人，然后好好珍惜自己身上关于女人的特质。

在万丈红尘中，始终坚守内心对幸福和美好的信念，用真挚的感情和踏实的态度去做一个好女儿、好妻子、好母亲、好人，这就是一个活生生的——好女人。

尘封的门扉

大雨滂沱的夜里，梦见一大片火红的玫瑰和一些飞舞的金色蝴蝶，还有一扇布满灰尘的小木门。我在门前徘徊，终于没去推它……梦醒时，听见雨正在猛烈地扣打屋顶和门窗，召唤我跟它一起去流浪，思绪在黑暗里跟着雨的脚步走远……

雨晶莹剔透，从天际飘洒下来，或吸于尘土，或流入小溪，自生自灭，一无所求。而我们一直在占有、在积累，从两只小手能够抓东西起，就不停地攫取着食物、玩具、金钱、爱情……直到有一天再也背不动了，就筑起一个巢来，把背不动的东西用围墙围起来用锁锁起来，时时牵挂，时时回头，从此不再远行。

雨在叮叮咚咚、嘈嘈切切地唱着。我有些后悔自己没去推开梦中的那扇门，那门内也许就装着一个故事的开头或几个故事的开头。在想象中，我翻阅了几百个故事，然而这个尘封的故事仍在厚土下埋藏，用它的一切可能和不可能引诱着我。

每逢对自己的故事不满意或者不是不满意、只是觉得索然寡味的时候，我就去想那扇在玫瑰花尽头落满了灰尘的门，想象它一旦打开，会放出些什么样的异彩。

毕竟可以想象的很多，而真正可以面对的却很少，否则我为什么要到梦中这个尘封的门口来，却不敢去推一推现实生活中的那许多虚掩着的任何一扇门呢？只有这扇梦中的门不会拒绝我，而我也因它从不打开，才会把许多的幻想放在它的身上。倘若有一天，真的看见它尘土拂尽锁断帘启，我一定会像受惊的山雀一样，听到第一声响动就会仓皇飞去。但我心里明白，它根本不会打开，所以根本就不会有任何一个开头。

因为，我们每个人的人生就是一个唯一的故事。无论它是辉煌还是平淡，是悲还是喜，是浪漫还是干枯，它都不会轻易放过我们，我们也不会轻易放弃这个已成现实的故事，放弃我们手中和身边的一切，它是我们生命的印证。所有的悲欢离合都是为了这个唯一的故事而演绎的，我不能不去珍惜它而去奢望别的东西。

雨住了，天亮了。岁月的车轮碾碎了一个又一个的梦境。今天将重复昨日，尘封的故事永远不会开头。

其实，那扇门只是我梦想度假的地方，正如大雨如歌的深夜，我放纵了思绪，任那些遥远飘渺的东西怎么飞来又怎么飞去一样。

尘土一层层地堆积上去，故事始终没有开头。小木门仍静静地关着，玫瑰花依然灿烂，蝴蝶依然翩跹。

骤雨打新荷

夏日，差途中，偶遇荷塘阵雨。田田的荷叶和粉白桃红的莲花莲苞，还有岸边的垂柳在雨中舞蹈着。大雨过后，一抹夕阳照耀满湖通红，苞子上清水滴滴，荷叶上的水珠儿滚来滚去。此情此景令人不禁想起了元好问的《骤雨打新荷》：

绿叶阴浓，遍池亭水阁，偏趁凉多。海榴初绽，朵朵蹙红罗。乳燕雏莺弄语，有高柳鸣蝉相和。骤雨过，琼珠乱撒，打遍新荷。

人生百年有几，念良辰美景，休放虚过。穷通前定，何用苦张罗。命友邀宾玩赏，对芳樽浅酌低歌。且酩酊，任他两轮明月，来往如梭。

记得元曲新解上是这样解读的：

上曲写盛夏纳凉、流连光景的赏心乐事。铺写池塘水阁的一片绿阴，以“偏胜凉多”四字点出夏令；万绿丛中，点染朵朵鲜红如罗的石榴花；乳燕雏莺与高柳蝉鸣相唱和。池塘水阁平添生趣。骤雨袭来，遍打新荷。

下曲抒怀，浅斟低唱，低沉旷达。“良辰美景”不使虚过，“穷通前定”“何用苦张罗”命运天定，用不着费尽心机的钻营。日月如梭，在“酩酊”之中，片刻麻醉。

那种郁闷低沉，像极了我此刻的心情。不惑之年，却不能做到不惑；为了一点蝇营狗苟的利益费尽心力却不能得，缺少那份旷达和潇洒。我恍然觉得自己没有一刻真正地享受过生命，更从不曾“酩酊”。我突然很羡慕一位女友，她可以喝醉了让人背回去，而且口无遮拦，嬉笑怒骂，随心所欲。我却总是有那么多莫名其妙的禁锢，那么多的累，那么多的无奈。滴酒不沾不是因为雅，而是不善饮而已，其实我是多么羡慕和佩服善饮的人啊！

人生百年，有多少良辰美景呢？我却在忙碌中错过，错过，不断地错过。很羡慕那些可以坐下来打麻将、打扑克的人，我却傻到连这样的游戏都不会玩。十年过去了，当年说要教我打“炒地皮”的同事都退休了，曾经四个人玩的牌变成了三个人的斗地主了，我仍然什么游戏也不会。工作没干好，生意也没做好，酒不会喝，牌也不会打。到了该享受成功的年龄，却还在为生计奔波劳碌。也许这就是我的命，穷通天定啊！

乐天知命吧，也许自己有一天也能变得旷达、潇洒起来！“莲之出淤泥而不染，濯清涟而不妖，中通外直，不蔓不枝，香远益清，亭亭净植，可远观而不可亵玩焉。”我想，应该在莲花盛开、莲子未熟之前，“浮生偷得半日闲”，邀三五好友赏莲，以濯尘嚣躁气。

花开的声音

三月，阴雨绵绵。春的脚步有些迟缓。海棠、仙客来和仙叶菊还有报春花都在寒风中悄悄绽放。我仿佛听到了她们呢喃的声音，伴着浓香软语，春就在我的屋子里嫣然起来。我们拿起相机，出门追寻春色去。

我对自然美色是没有抵抗力的，而且从小就这样。几岁的时候，外公问我长大了有什么理想，我说要吃遍天下美食，看遍天下美景。那个时候是不知道有作家或文学家的，只知道吃和玩。外公就说，希望再加一条，阅尽天下美文。大约后面萌生的理想跟这个天下美文有关吧。长大了，才知道这三条路于我来说，没有一条是可以走得通的。

大约 10 岁时，爸爸妈妈送我去看外公，他们看着我上车，没想到我会经不住窗外景色的诱惑中途下车了。外公在二姨家，二姨家在山河镇，我还没到闫河就下了车，沿着盘山公路前行，一路上不是摘野花就是追蝴蝶。后来又渴又饿，终于在翻过一个山岗的时候看到了在暮色中眺望的外公。外公小跑过来抱起了我，眼里竟噙满泪水。他说，我的乖乖，我还以为拐子把你拐走了啊！他焦急的神情，让我知道自己因为贪玩而闯了大祸。从此，我再也没有独自走过那么远的山路，哪怕无数次的梦想流浪和放逐自己，也不曾再做过如此荒唐的事情。

于今日明媚的阳光中静听花开的声音，想起了外公和自己曾经的理想，不禁哑然失笑。有一年给外公扫墓，我对着长眠于望花山岗的外公和叔外公们说，保佑我当个人大代表或者政协委员吧，哈哈！你们中间有人曾当过市政协副主席，我咋连个政协委员都当不到呢？我是认真着呢！先生和老爸、老妈还有姐姐笑得一塌糊涂！我的宝气（傻气）好好地把他们娱乐了一把！

花开的声音要到东湖梅园听，那里有如霞似景的繁华。如果说家里的花儿是婉约的江南小调，梅园就是大气磅礴的交响乐了。那一树树的繁花喧闹着似水流年，姹紫嫣红开遍。那些含苞待放的在软语呢喃，盛开的在引吭高歌，似乎还能听到阳光落地的声音！

我就用这些文字来记住这个春天里花开的声音吧，以纪念我们长长久久相伴、年年岁岁的美丽。

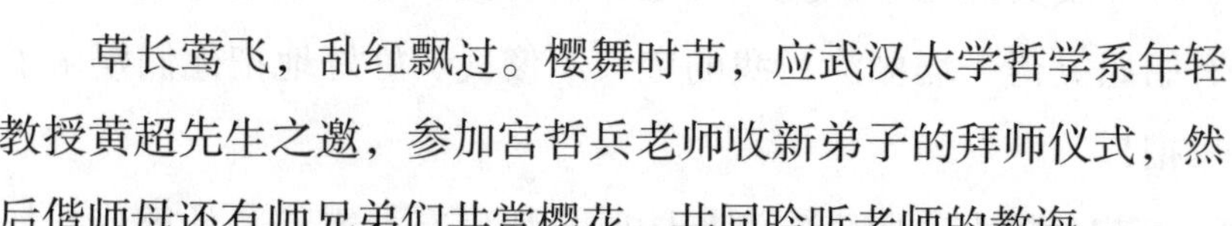

樱舞时节

草长莺飞，乱红飘过。樱舞时节，应武汉大学哲学系年轻教授黄超先生之邀，参加宫哲兵老师收新弟子的拜师仪式，然后偕师母还有师兄弟们共赏樱花，共同聆听老师的教诲。

在樱花树下晒着太阳，好不惬意，令我想起了一首古诗："嫣然欲笑媚东墙，绰约终疑胜海棠。颜色不辞污脂粉，风神偏带绮罗香。园林尽日开图画，丝管含情趁艳阳。"

樱花，美得彻骨。那些粉色的、白色的花儿，一树挨着一树，每一朵花都与相邻的四五朵抱成团、汇成簇，挤在细小的枝端。稀疏的绿叶，几乎看不到，能看见的是那些互相拥抱的樱花筑成的厚重的淡粉色花墙。

樱花，与众不同。桃花虽然灿烂，花瓣只是一层，即使满山桃花盛开，也很难体会到壮观和厚重；尽管有尖尖的绿叶点缀，还是让人觉得单薄易碎。而樱花花瓣重重叠叠，仿佛要将孕育了一年的深厚底蕴都在这时爆发，每一朵樱花都尽情把所有的生命力都呈现在芸芸众生面前。

那片满是粉白的花朵，仿佛白玉雕砌而成；那片火红的花儿，又似红玛瑙一样剔透玲珑。站在树下，浸润着春风，沐浴花雨，觉得春色满怀。

此刻，这里不是尘世，这里没有喧嚣，这里只有无边春色，这里只有花的海洋。

然而阵风过后，花瓣翩翩离枝而舞。郭沫若诗云：“迎风一片齐开，迎风万点飘零。”惜春常怕花开早，何况落红无数，在一阵樱花雨之后，绚烂之极终归于平淡，化为一地的缠绵。

华灯初上之时离开武大，夜空中的樱花已退却了白日的繁华，但还有少数情侣和路人驻足其下，那花仍有一种凝重浓烈的美。

带着眷恋，挥别樱园，久久散不去的，是那满树的春光。

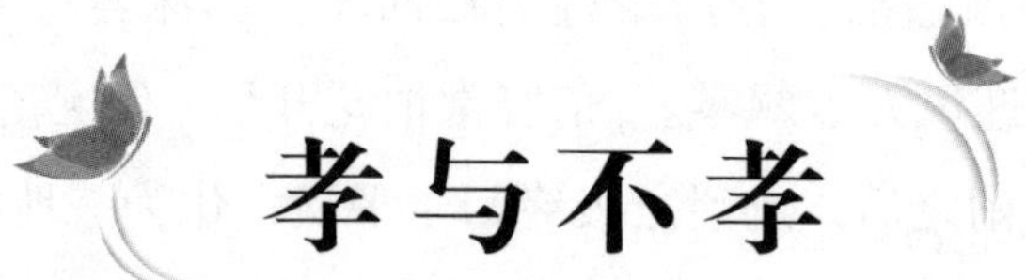

孝与不孝

“鸦有反哺之义，羊有跪乳之恩。”孝道，是对父母养育之恩的真诚回报，是我们中华民族的传统美德，也是道德教育和文化教育的精髓之一。早在2000多年前，孔子就提出“夫孝，德之本也”。他指出，孝就是一切人伦道德的根本，人们最高尚的行为就是孝。“孝为天之经也，地之义也，人之行也”，意思是说，孝顺父母亲人，就像天上的日月星辰那样有规律地运行，也像大地江河那样永不枯竭。《诗经》上说：“父兮生我，母兮鞠我。抚我畜我，长我育我，顾我复我，出入腹我。欲报之德，昊天罔极。”意思是说：父母生育了我，从小就扶养我，出入抱我，一切照顾我；长大些，又教育我；父母对我的恩德无以言表。早在700多年前，《弟子规》就指出“首孝悌，次谨信”的警世名言。我们每一个人，必须首先要懂得怎样去孝敬我们的父母、孝敬我们的长辈然后再做其他的事情。董永卖身葬父，扇枕温衾的黄香，哭竹生笋的孟宗，邓小平赡养继母如同亲母，许世友四跪慈母，他们都是孝道楷模。

那么作为新时代的年轻人该如何尽孝呢？现在社会进步了，生活富裕了，我们不用像董永那样卖身葬父，也不用像黄香扇枕温衾，也不用割肉侍亲，但是我们应该要学习祖先留下来的孝道精神，用实际行动去关心长辈，尊敬长辈，孝顺长辈，让老人家真正感受到老有所养、老有所爱。孔子称，“父母在，不远游，游必有方”，我们现在为了学习、为了事业，许多人不得不离开父母到很远的地方求学就业，甚至出国发展，但是这些并不意味着不能行孝。如果能把父母接到身边跟自己住在一起，好好履行孝道；如果不能，也应该把父母放在心上，时刻关心父母的饮食起居、身体和心情，多打几个电话，常回家看看。当我们在餐桌上大鱼大肉的时候，要想想我们连剩菜剩饭都舍不得倒掉的父母；当我们在杯觥交错的时候，要想想我们连茶叶都舍不得买、只喝白开水的父母；当我们在旅游途中玩得兴高采烈的时候，千万别忘了在田野中面朝黄土背朝天、辛苦劳作的父母；当我们穿着时髦衣服的时候，也要想想一件衣服穿旧了、破了也不舍得丢弃的父母；当我们取得辉煌成绩的时候，更不能忘了曾经和现在都在为我们默默奉献、祝福我们成功的父母。

我们要尽孝道,但也不能“愚孝”。有个朋友的老父去世了，族人要求厚葬，请客请道士做法事，扎纸车纸马、放电影等等。朋友在磕了无数个孝子头后，终于风风光光地厚葬了父亲，族人无不称他“孝子”。可是他债台高筑，人也因劳累过度而住进了医院……

看着朋友憔悴的面容，我不由得想起了鲁迅先生《二十四孝图》中的一段触目惊心的文字：“我总要上下四方寻求，得到一种最黑、最黑的咒文，先来诅咒一切反对白话、妨害白话者。即使人死了真有灵魂，因这最恶的心，应该堕入地狱，也将决不改悔，总要先来诅咒一切反对白话，妨害白话者。”鲁迅先生在这篇文章里发出如此诅咒的目的，是担心封建的“愚孝”思想再来侵害儿童的心灵：“正如将‘肉麻当作有趣’一般，以不情为伦纪，污蔑了古人，教坏了后人。老莱子即是一例，道学先生以为他白璧无瑕时，他却已在孩子的心中死掉了。”

那么，“厚葬”是不是“愚孝”呢？是的。有些奉行“厚葬”者经济条件并不好，但为了使父母去世时不显得寒碜，不惜高筑债台，以自己后半生的辛劳作为抵押——这一切只是为了不被人指责为“不孝”。不仅如此，“厚葬”还是封建迷信思想的体现，即认为人是有来生的、人死了过了“奈何桥”之后的世界和阳世奉行一样的游戏规则、有钱能使鬼推磨等，所以，再穷也不能穷了死者。

那么，我们该如何尽“孝”呢？我想起了我的祖母和母亲。我祖母一生吃斋，去世时已及耄耋之年。祖母生前，我母亲既要照顾膝下的小孙子，还要侍奉婆婆，一年四季，每日三餐都能用最好的素油为祖母变换着蔬菜花样，好令我们嘴馋。即使在物资紧缺、经济拮据的年月，祖母也能喝上红糖水、吃上麻花馓子。特别在祖母卧床的那些日子，两鬓染霜的母亲总要亲自侍奉洗漱，端茶倒水，邻人无不称赞母亲贤淑。母亲总是平淡地说，人与人相识、相处是一种缘分，何况还是同居一室的婆媳呢？祖母去世时，我父母连自己的单位也没惊动，很俭朴地办完了老人的丧事。我父母对老人的“厚养薄葬”非但没有被人指责为“不孝”，反而赢得了许多人的尊敬，特别使我们这些做晚辈的深受教育。母亲的贤淑和孝心，深深地影响了我们，使我们懂得惜缘，珍爱一切物，善待一切人。

可是现在的家教中,几乎没有了“孝”字,取而代之的是“好好读书，考大学赚大钱”等等，一家老小都围着“小太阳”转，他们小小年纪就作威作福、颐指气使。这是值得我们深思的问题。我们摒弃了“愚孝”后，并不是不讲“孝”了就可以虐待老人、辱骂父母,这是大错而特错的。我们摒弃的是“孝中矫情、虚伪、有悖人性”的那部分，而对它合理的一面则应努力加以继承、发扬。

值得庆幸的是，随着我国进入老龄社会的脚步声日益临近，随着弘扬优秀传统道德的呼声日涨，“孝与不孝”已开始受到了关注。今天是重阳节，我不能回老家看望父母，就邀了同学岚一起去敬老院和老年朋友们一起过节，那里有不少90岁的老人家，有几个老太太还能讲一口流利的英语，她们高兴地拉着我的手说：“Thank you，Thank you！”

我们应该从自己做起，从儿童抓起，让爱充满人间，让我们的父母平安度春秋，让天下老人安享幸福晚年，老吾老及人之老。

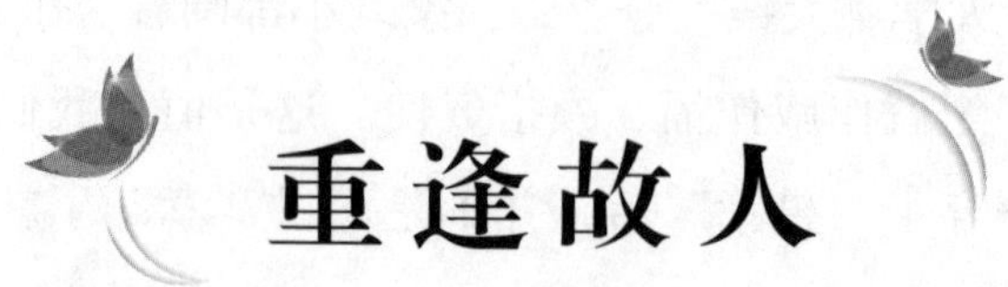

重逢故人

圣诞前夕，我很幸运地重逢了 10 年没见的老朋友。

朋友们多少是有些改变的，但难得的是性格都没怎么变，我们都还是从前的自己。武平依旧热情豪爽，还是那样强势地显示自己的古道热肠；建勇还是那样才华横溢，说话做事拿捏得极有分寸；贤洲还是洋溢着浓厚的艺术家气质。但大家都进步了，都在自己的岗位上成长了起来。启平的深邃和睿智，给我留下了极深刻的印象。

10 年不见了，老朋友们竟显得有些陌生，除了回忆当初的岁月，就不知道说什么好了。我想起了两个叫林的女同事，那个时候武平是我们的领导，我们几乎每周聚会，轮流坐庄，吃饭唱歌跳舞，是我们的共同爱好。我滴酒不沾，其中的一个林是可以喝点酒的，喝完了就会很大方地唱歌；另外一个林很少参加我们的聚会，武平不喜欢她。两个林之间似乎也有些矛盾，武平的敢爱敢恨让林无法融进我们的欢乐，但偶尔我也会参加她组织的一些活动。在我心里，觉得两个林都很能干，为人也不错，她们比我稍微年长些，我一直把她们当姐姐一样尊重。可惜这次没能见到她们。只有在心底默默地祝福她们健康快乐，我无比怀念我们曾经一起走过的岁月！

尽管是 10 年后第一次见启平，但我们却没有陌生感，颇能谈得来。他说，我们有着共同的价值取向和兴趣，我们谈了很多关于人生的、关于入世和出世的话题。启平是博学广闻的，而且很有思想，我们的谈话几乎涉及儒、释、道三家的经典著作。

晚上回母校参加同学聚会，竟意外地碰到了5年都没见着的吴老师，他已离开了大学，到政府一个核心部门去工作了；萍的公司卖了3000万元，现在正在和老公闹离婚分财产；陈同学又从北京回武汉创业了；汤同学又成立了新公司；张同学的资产已过亿元大关；周同学的事业也蒸蒸日上；李同学和周同学还带来了漂亮的女朋友；但也有个同学去世了，永远地离开了大家。分手的时候大家约定，下次聚会一个也不能少，陈同学立马接了一句："要少也绝不是我，呵呵！"大家立即异口同声地说："要少也绝不是我！"我强调说："一个都不能少！"

萍在送我回家的路上说，等她的离婚手续办完后，希望我能陪她去旅游，我答应了，但我希望景点由我来选，方式也由我来定。我突然想起了唐代诗僧感悟修行的诗："登陟寒山道，寒山路不穷。溪长石磊磊，涧阔草蒙蒙。苔滑非关雨，松鸣不假风。谁能超世累，共坐白云中。"我说希望能到武夷山去，到天心永乐禅寺去，无论是我还是她，都有必要去感受一下大山的淡泊宁静，通过礼佛来调整自己。我不知道该怎样安慰和劝导萍，就跟萍讲了一个禅门故事：

有一位信者在屋檐下躲雨，看见一位禅师正撑伞走过，于是就喊道："禅师！普度一下众生吧！带我一程如何？"

禅师："我在雨里，你在檐下，而檐下无雨，你不需要我度。"

信者立刻走出檐下，站在雨中，说道："现在我也在雨中，该度我了吧！"

禅师："我也在雨中，你也在雨中，我不被雨淋，因为有伞；你被雨淋，因为无伞。所以不是我度你，而是伞度我，你要被度，不必找我，请自找伞！"

说完便走了！

自己有伞，就可以不被雨淋，自己有真如佛性，应该不被魔迷。雨天不带伞想别人助我，平时不找到真如自性，想别人度我。自家宝藏不用，专想别人的，岂能称心满意？自伞自度，自性自度，凡事求诸己，禅师不肯借伞，这就是禅师的大慈悲了。

萍说她懂，只有自己才能救得了自己，但一切已成定局，只希望早日结束痛苦。我说，事实上我的痛苦也许会更多些，最起码萍的事业在常人的眼里是很成功的，而我却一事无成，却还要求自己淡泊名利，似乎有些可笑可叹。

什么是淡泊的真义呢？我以为，淡泊的两极是躲避人生和淡而无味，前者以平淡之名废弃生活的根本，平淡成了一种美丽的托词；后者把平淡与平庸相提并论，平淡沦为无所事事、无所作为。淡泊不是生活的目标，而是一种生存态度，生活的目标当然可以高远些，生存态度则不妨从容平淡。从平淡走向丰富，通过学习与积累就有可能实现。从丰富再返回或转入另一种平淡，需有较高的人生修养，方能达到此境。像诗僧那样与白云共游，必须以超脱世累为前提。

莲池大师在《竹窗随笔》中说："尔来不得明心见心性，皆由忙乱覆却本体耳；古人云，静见真如性，又云性水澄清，心珠自现,岂虚语哉。”可见淡泊、澄清皆由静生,如果心浮气躁,即使一味心慕淡泊,却无法做到真的淡泊,更不用说宁静致远和洞见真如性了。我们一直在红尘中忙忙碌碌,整天算计着百年基业、百岁人生,又何来真正的淡泊宁静啊!

分手的时候,萍要我等她的电话,她愿意随我去找一个宁静的去处,好好体悟生活。我期待着与萍的再次重逢,期待着与所有的故友重逢,并希望每个人的生活都平和宁静、圆满幸福。

月湖听雨

老艾是本地一个报社的高级编辑，认识已有七八年的光景了，他说武汉有两处风景不容错过，一个是东湖的雪，一个是月湖的雨。

荷花盛开的时候，他约我到月湖品茶。

老艾不愧是风雅之士，他找到的这家不起眼的茶馆的确格外雅致，女茶师仿佛也有荷一样淡然的气质。我们坐在池边的茶椅上，荷就在伸手可及的地方静静地开着。他跟我说，你看，那枝荷就像十七八岁的少女，含苞待放，而这朵像极了风华绝代的少妇，风情万种，而那边那朵要谢没谢的，多像美人迟暮的样子啊！不过，最有情致的是雨天坐在茶馆里听雨，那才叫一个美哦！老艾对西方哲学颇有研究，而我对儒、释、道尽管不懂，但是全信，所以我们的话题几乎贯穿古今东西文化。

闲谈中，我们发现月湖不仅仅有一池清荷，在公园深处还有大丛大丛的灿烂的木槿花。我从小就喜欢木槿花，连 QQ 网名也叫木槿花开。我不由得认真欣赏：那些花或紫或白或粉，在骄阳下盛开着，亭亭玉立，与湖中的荷花相映成趣。在木槿花的衬托之下，月湖更显妩媚妖娆。木槿花之美手可盈握，深入骨髓令人陶醉。不知道雨天又会有什么样的景致呢？我不得不对月湖听雨向往之极。

七夕那天，一清早就大雨滂沱，我给老艾发短信："今天月湖听雨吧？约上三两好友，我请客。"

老艾欣然应约，还表示要介绍两位新朋友给我。我到月湖的时候，雨已住了，还有薄薄的太阳。老艾和朋友周先生早就到了，仍然坐在我们以前的那个位置上。寒暄过后，我们才发现，原来我跟周先生在七八年前见过一次，大家不由感叹世界之小、缘分之妙。

周先生说："我想既然来的是位才女，我们聚会就得有个主题，我有副对联，只有上联，'女子好少女更妙'，求下联。"

这可真难住我了！大家把这个难题记挂在心里慢慢思考，然后就天南海北地神聊起来。

周先生是名导演，拍过很多经典纪录片，尤其在朝鲜极有影响力，但是年过40还未婚。他一心一意要娶那种没受现代文明污染的温柔、娴雅、端庄的原生态美女，他说这种女子在朝鲜很多，可是又怕有其他负面影响而不敢娶。

周先生聊起很多拍片时的奇闻异事：曾在土家族与棺木一起睡觉，甚至躺进棺木里；曾在明显陵朝拜的照壁前睡过三个晚上，还于深夜子时畅饮，想象明世宗嘉靖皇帝于子时祭拜追封为恭睿献皇帝的父亲和章圣皇太后的母亲时的情景，觉得自己就是那随行的一员。

不一会，老艾的另外一个朋友来了——摄影家黎先生。老艾说他们三个有着共同的爱好：喜欢古器。

周先生有块石头，一直把玩；黎先生有块古皮具；老艾还让人设计了一套盒子，也是仿古的。

于是谈玉。我说最近得了三块玉，还没去鉴定。跟他们不同，我一般不收藏古玉，觉得别人用过的，总是有些介怀，那些玉不再纯粹，而附有前主人的信息。

周先生平静地说："我刚好相反，我喜欢古人用过的东西，我再用的时候，就有一种超越时空的感觉，与古人交流沟通，尤其喜欢那些有血沁的古玉。""我可不敢，玉本是极阴的，再附有古人的信息，我会害怕的哦。"我笑着说。

这时老艾拿出了他的一个小印章，象牙雕刻的，上面有他自己填的两首词，很精致。我用黎先生那个淘到的二战时期的军用放大镜仔细看了那两首好词。

第一首为《虞美人 · 情探》：

红蕉雨打开无度，
错把平生付。
疏钟入牖簟初凉，
可恨江南秋夜意深长。
同心怎奈良辰吝，
似有难言隐。
动容即便水中花，
万古文章抛却也由他。

第二首为《风入松 · 咏松树盆景》：

蟠虬偃蹇是谁留？磊落几多秋。根深无奈枝梢茂，风吹处云也低头。倚石乔装迎送。松贞且作桑柔。胸中自有万千丘，野渡泊孤舟。平生付水东流去，驻停间一发难收。强甚盆中之物，昂然不过人囚。

“真是才子啊，可惜我认识你的时候，你已经没这种心情作词了，不然也跟我赋一首如何？”我看完两首词，开玩笑道。没想到老艾说到做到，立马就填了一首《蝶恋花 · 木槿花开》。

世态炎凉尝半饱，妹且为时姊貌难更了。每见盈盈含水笑，对侬总想呼声小。木槿飞花桃李老，也是翩跹胜似翩跹好。月榭琴台天意造，人间恨不相逢早。

周先生疑惑道：“你为啥要用‘木槿’两个字？”老艾信嘴胡说道：“当年她老爸带兵援朝，打过了三八线，看见韩国遍地都是木槿花，所以就给了她这个名字，她是在院子里长大的。”我连忙摆手澄清：我是山野中长大的，真正的草根！我接着讲起了自己跟木槿花的缘分：木槿花，小的时候村前屋后都是，她的花语是——温柔的坚持，朝开暮落，每一次凋谢都是为了下一次更绚烂的开放，像太阳不断落下又升起，四季轮回更替一样生生不息，有日新之德；更像爱一个人，经历低潮高潮，也有各种纷扰，但懂爱的人仍会坚持，爱的信仰永恒不变；还有坚韧、永恒美丽之意，象征历经磨难而矢志弥坚的性格；也象征着红火，象征着念旧重情义。有诗云：“池草艳春色，不如芳槿花；朝开欣暮落，夜去沐晨霞；念旧重情义，迎新弃垢暇。”

虽然跟两位新朋友是初识，却聊了一下午，我们四人颇有相见恨晚之意，已经像老朋友了。喝完茶还吃了老艾特意为我点的松饼，已是夕阳西下。天边挂着一片火烧云，壮观至极。今天的天气奇特，早上下雨，下午出了太阳，现在又有如此美丽的晚霞。老艾提议绕湖走走，并突然发问，知道佛教的五树六花么？但他自己却说不全。我拿起手机上网一查，原来五树是指菩提树、大青树、贝叶棕、槟榔、糖棕或椰子，六花是指荷花、文殊花、黄姜花、黄缅花、鸡蛋花和地涌金莲（千瓣莲）。

绕湖一周，天全黑了。周先生意犹未尽，要去找木槿花。此时，木槿花已经全落了，找不到原来那丛花树，远处的坡上有树很像，我们就绕道小路过去，却不是，那花仍在枝头，紫色的。下坡的唯一一条路泥泞难走，老艾急匆匆地走在前面，我回头对周先生说：“拉着我，我穿的是高跟鞋呢。”这个时候完全顾不了“男女授受不亲”的古训，安全第一。老艾回头看了一眼，有些怅然……

逛书市，吃过晚餐，我们各自回家。可我临时改变了主意，一个人回到了月湖。这时候，月湖没多少人，那个茶馆还在营业，但我没进去，那里坐着三三两两的情侣。

我独立湖边，看着夜色里的荷。没有星星，不见夜莺，天空灰蒙蒙的，难道今年的牛郎织女不相会了？因为没有鹊桥，也看不见瓜棚？静谧的空气中荡漾着阵阵淡淡的荷香。这个七夕，认识了两位新朋友，暂时遗忘了生活中琐碎的烦恼，聊了些世俗红尘之外的话题。这片刻的“生活之上”的交流，不由让我有些感动。只关风月，不关世事。我们都像这些荷一样，淡淡的，不矜持也不张扬，默默绽放。

后来，我把那个对联发给了“神话周”——我奉为老师的老先生对出了那副妙对：“女子好少女更妙，心生性秋心多愁”。老艾听说后大为赞赏，还特意说一定要请老先生到沙龙品茶。我笑道咱们又多了一个忙里偷闲聚会的借口啊！

月湖听雨还是没能如愿，但我们又多了一份念想和聚会的理由，愿友谊就像有日新之德的木槿花，永远地久天长。

爱是一种坚定的温暖

早晨出门之前看到了一则新闻，最美司机毛志浩出院了。3 月 24 日下午，毛志浩驾驶的客车被突然倒下的路灯灯杆撞破前挡风玻璃。在车辆严重受损、脾脏破碎的情况下，他冷静处置，安全疏散了乘客。昨天毛师傅出院了，他在出院的第一时间就回到了车上，我看到了一个特写，他硕大的布满老茧和筋骨突起伤痕累累的手，瞬时潮湿了双眼。这是一双真正的劳动人民的手，是一双英雄的手。

和平时代的英雄就是这些在平凡的岗位上做出不平凡的普通劳动者，像雷锋一样的有着螺丝钉精神的人，有大爱的人。而这样的人是有信仰的，热爱生命，热爱生活，爱岗敬业。爱就是一种最坚固而又温暖的信仰。

而我们的时代又是一个信仰匮乏的时代：迷信《周易》《孙子兵法》等为企业管理圣经的老板；为了利益而放弃底线的不良商人；以“干爹”们为荣的“美眉”……。这也是一个信仰缤纷的时代，全国上下不再只信仰一个神，不再整齐划一地身着蓝白灰，信仰什么的都有。比如我婆婆和母亲信仰佛教的因果报应，母亲同时还信仰共产主义，有个朋友一生以居里夫人为榜样，还有以玛格丽特 · 撒切尔为楷模的，当然还有信奉爱情至上的，也有崇尚绝对自由的，还有崇拜金钱、名利、地位的……

我们这代人是在《学习雷锋好榜样》的歌声中长大的，然后有张海迪，还有女排的崛起。记得 20 世纪 80 年代的时候，我一边崇拜着身残志坚的张海迪和海伦 · 凯勒，一边在日记本里抄写着北岛的“卑鄙是卑鄙者的通行证，高尚是高尚者的墓志铭”。

年龄渐长觉得人类终极信仰是幸福。无论信仰宗教还是崇拜英雄，无论是追求名利、地位还是从事慈善，都是为了获得自己心灵的宁静和幸福。而幸福和宁静要怎样获取呢？比如我们有很多人，尤其是年轻人，在求职和就业的过程中，总是好高骛远，这山望见那山高，诱惑多了，选择多了，在不断的选择和追逐中浪费了青春和生命，不断的寻找选择放弃错过，最后成了社会的边缘人。实际上选择也是很痛苦的，诱惑让我们不能安定地把心思放在我们已经拥有的生活本身，而让我们活在“别处”和“未来”，而不是真实的“此刻”和“现在”。我们的毛志浩师傅就像一颗螺丝钉一样坚守着自己的岗位，从平凡的劳动中获得幸福和满足。

毛师傅是质朴的，没有豪言壮语，他还觉得是自己做得不够好，他已经习惯了这样简单地做人做事，但是却感动了亿万观众。因为在他的内心有爱、有责任、有信仰。有信仰的人会带着对生命的热爱和敬畏前行，生活自然美好，哪怕贫穷平淡；而一个缺失信仰的人，无论在现实层面是富有还是贫穷、是单身还是有伴侣，生活都会索然无味。

向毛志浩学习，爱岗敬业，把简单的事情做简单了就是不简单，把平凡的事情做平凡了就是不平凡。感知幸福，温暖自己和他人。

我们该教给孩子什么？

——由理科状元当流浪汉想起的

我每天上班都会经过一个地下通道，几乎天天都会在那里见到流浪汉或者乞讨者。我通常要准备一些零钱给他们，尽量做到每个人都给。

这样的习惯由来已久，从十几年前就开始了。当年我在上班的路上也会经过一个乞讨者集中的地段，因此每天都会准备些零钱。可是有一天我和宝爹上街忘了备零钱，经过这个地段时乞讨者们看见我了就围了过来，我翻了翻衣袋摊了摊手，他们就都很理解似的、面带笑容地散开了还目送着我们远去。宝爹从此就笑话我，说“原来丐帮帮主在此呀，失敬失敬，哈！”他说我大概是洪七公传人，也许是蓉儿转世。身边很多人说那些人是职业乞丐和骗子，更有甚者说就是像我这样的人多了才纵容了那些不劳而获的人。可是我总怕人家是真的有需要，那几元钱也许能让他吃碗面，不至于饿死，而对我来说，这几元钱拿出去又不至于变穷。

今天早上又经过地下通道，却发现以前单纯行乞的那个残疾青年面前放了报纸和纸巾，他改卖报纸了。他十分卖力地用含混不清的音调喊“一份报纸一元钱一包纸巾”。我的眼睛潮湿了，为了支持他的改变，一口气买了十份报纸。

然而，回到办公室打开报纸时，我又看到了一则让人难过的新闻——《年轻流浪汉竟是当年理科状元》。新闻的主角曾经高分考入中科大，毕业四年一直在“找工作”，过年期间在街头睡了三天……这个状元叫刘宁，曾经是四川凉山某县的理科状元，在家人和老师、同学眼里一直很优秀，可是如今沉迷网络，四处流浪。刘宁认为自己如果“像多数人一样工作结婚生子，挣钱养家，我觉得很无聊很没意思”，他找过很多工作，也做过很多工作，可是都做不长，于是就开始流浪。

我们教育出了什么问题呢？怎么会这样？那个父亲在哭泣，我在沉思。

我们到底该教给孩子什么？

记得《弟子规》总序是这样写的：“弟子规，圣人训，首孝悌，次谨信；泛爱众，而亲仁，有余力，则学文。”古训教导我们：一个人首先要孝敬父母，友爱兄弟姐妹；其次要谨言慎行，讲求信用；再次要博爱大众，亲近有仁德的人；如果有多余的时间和精力，才学习有意义的学问。

然而我们现在的教育是“唯分数论”，“考考考，老师的法宝；分分分，学生的命根”。学生的品德品质、心性情绪和个性关心得极少，脚踏实地做平凡人的倡导太少，而出人头地、升官发财的期待太多。

实际上，我们都是平凡人，都不能没了平常心。孩子是被父母、老师教坏了，因为我们灌输给他们的理念就是高分、高位、高财，让他们从小就享受了小皇帝的待遇，却丝毫没有脚踏实地、勤勤恳恳的生活态度。因此新闻里的刘宁没钱了就找父亲要，要不到钱就宁愿流浪也不踏实工作。

我们的教育确实值得反思。我们要以平常心来面对高分、面对孩子的优秀和优异，重视情商的培养更高于智商的开发，看重品性的陶冶更高于成绩的提高。我们要用平常心教育孩子，无论怎样，首先要成人，要成为一个合格的劳动者，劳动最光荣，这样孩子才不会好逸恶劳，才能脚踏实地。

我身边一位十分成功的朋友曾经谈到了她大学毕业等待分配的情况，她说："当时就只有一个想法，我是个人才，就等着祖国挑选，耐心等待时机。"我的成长经历跟她类似，我们年轻时推崇的观点是"我是一块砖，哪里需要哪里搬"。我们总是主动选择的少，被动接受的多。然而，生活就是这样，我们要臣服和接纳，要有坐冷板凳的精神，要耐得住寂寞，要有正确的是非观、人生观。

我不知道这个社会会怎样变，但是我知道为人父母要有一颗平常心——无论社会如何浮躁，我们不能浮躁，起码在教育孩子的问题上不能浮躁。我们应该以平常心来对待孩子的成长，用平常心来教育孩子做个平凡人，完成平常人该完成的各种义务：结婚生子、繁衍后代、孝顺父母、养家糊口、踏实工作，这些都是最平常、最普通的人生任务，也是最重要、最难做好的人生任务。

作为家长，我们也应该以身作则做好榜样：首先，用最好的品德来为人处世；其次，老老实实做人，踏踏实实做事，做一个合格的劳动者。

第二章 | 岁　月

夜深忽梦少年事，并不垂泪；因为那些温柔的拥抱、守护的臂膀，呵护了岁月，沉醉了时光。

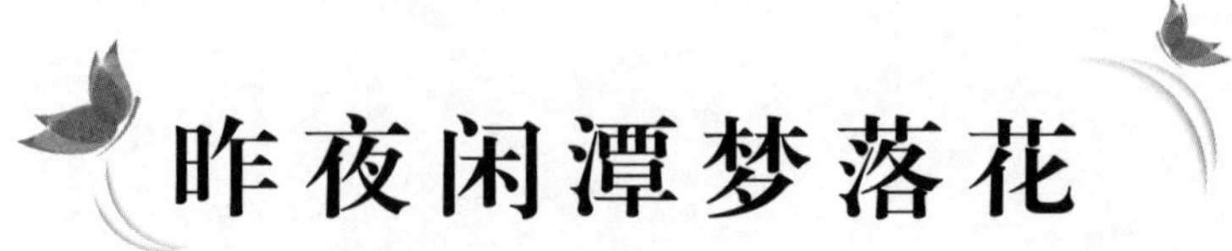

昨夜闲潭梦落花

因为一些机缘巧合，我曾经得到一次禅修机会，在一位大师的指导下七天静修，俗称打“禅七”。

对于打坐、修行，每个人的看法有所不同。感兴趣的读者可以去看看南怀瑾老师的著作，这里就不多说了。我想跟大家分享的，是我在禅修过程中的一些体会，以及对我的童年、少年时代的回忆。也许有些乐趣和启发，可以感受一些奇妙的生存体验。

禅修时每天坐八支香，每次半小时。第一天，混乱无比的思绪让人无法平静，根本就做不到什么都不想，脑子里奔如江河，身上汗如雨下。从第二天开始，导师要求我在静坐时回溯自己的一生，而我的回忆从那个名叫殷家庐的小山村开始。

寄养家庭

明山殷家庐，是个山岗环绕、河流穿越的小小村庄。我大概 4 至 6 岁的样子，住在一所很阴暗、潮湿的房子里。这是我被寄养的殷奶奶的家。

宽敞的门口有棵大枣树还有些槐树。殷奶奶家养了很多鸡还有一头大黑猪。我最怕那些鸡了，因为那只大公鸡总要来抢我的饭吃，还动不动就啄我，一次差点啄到了我的眼睛，我吓得大哭。

殷爷爷很节俭，很怕有人会掉饭粒或菜沫。我每次掉饭粒在桌子上，爷爷都会笑着捡到自己嘴里吃了。有一次，爷爷捡了一个黑乎乎的东西放到嘴里，立即跑到门口干呕起来，一会就听到了大家哈哈的笑声。原来爷爷把鸡屎当成了酱。

好像有的时候姐姐和小哥哥也会来殷奶奶家，他们一来我就成了他们的小跟屁虫，跟着小哥哥到河边看他摸鱼。妈妈大概一个月来看我一次，大人们把妈妈叫蔡书记、蔡乡长或是蔡主任。每次她一来就会有很多村民围着她，而我依偎在妈妈怀里安静乖巧地听大人们谈话。

爸爸也偶尔来看看我，人们喊他老李。老李来了没人围着，老李就只围着我转——他会在村子里找棵大树，在枝桠上为我安上秋千，然后陪我荡秋千。随着我“咯咯”的笑声，爸爸总是把我送得老高老高的，我有一种飞翔的感觉。

如果有人把爸爸叫声“老李同志”，爸爸就会很激动。当时我不懂，后来才知道，那时爸爸是属于“靠边站”的人，被开除了党籍，没资格当“同志”。

姐姐当家

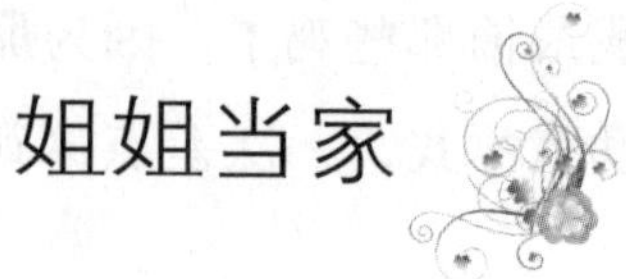

7岁的时候，我回到了老家望花山，在大畈大队小学读书，由姐姐照顾我和小哥哥，而奶奶在邻村照顾小叔家里的孩子们。

爸爸妈妈总是不在家，导致家里有时候连续一个月都没油吃，姐姐就做很辣很辣的菜让我们下饭。记得有一次姐姐不在家，小哥哥做饭。家里只有一个鸡蛋，小哥哥煎蛋也不知道放盐。吃饭的时候，小哥哥舍不得吃蛋，只叫我吃，我也让着他吃，最后饭吃完了，鸡蛋还剩在碗里。

那些日子里，我和小哥哥经常跑到稻场的草垛上遥望远处的公路，希望能看到妈妈从那条路上回来。有次，我们看见一个人很像妈妈，于是一边大声地喊着“妈妈、妈妈”一边跑过去。我们激动万分地跑到那人身边时，发现那个人根本就不是我们的妈妈，我忍不住大哭起来。

食堂抢饭

姐姐要到离家很远的地方去上高中，妈妈把我和小哥哥安

排到大队部跟那些工作人员一起搭伙。那个年代什么都要靠供应，似乎吃饱饭都困难。每到开饭的时候，大家好像不是吃饭而是抢饭似的,我总是抢不到菜,小哥哥就帮我抢。他吃得很快，每餐都要帮我抢一碗锅巴粥。有一次加餐，炖了排骨海带汤，一上桌就被抢了。小哥哥自己抢了一点，急忙拿我的碗去帮我抢，结果跟大队小卖部的戴会计打了起来！我吓得直哭，小时候的我特爱哭，也只会哭……

回忆令我恸哭不已，我已经有很多年没这样放肆地哭过。很多一起禅修的朋友也哭了，禅堂里不断地有唏嘘声。长大后，我日益变得坚强，即使哭也是独自垂泪，以为自己已不会在人前哭了，可是回忆似乎让人变得柔软而脆弱。

回忆终于告一段落。我是谁？我到底是谁呢？是谁在“关照”我的一切，从我还是个胚胎的时候直到现在还如如不动地看着成长的那个“我”，那个真“我”呢？那个“关照”者就是如如不动的“我”？是举头三尺有神明的“神”吗？“我”的本性是什么？我要怎样才能还原“我”的本性？那个始终知道我的起心动念的“我”在哪里？我的真神在哪里？

野丫头

那个如如不动的我告诉我说，回忆也有出错的时候。比如，我并非是从大畈小学考上初中的，而是从台子小学考上的。我错把台子小学的老师当成了大畈小学的老师了，把当时的小学同学当成初中的同学。也就是说，小学四年级或五年级的时候，我就和妈妈在一起了，台子小学就在公社机关附近。那妈妈是什么时候调到望花山公社的呢，是那个时候吗？我不知道。

初中的时候，我的同班同学既有大畈小学的，也有台子小学的。很奇怪的是，我们到了初一下学期男女生就开始不讲话了，哪怕是同桌之间也不讲话，还要划“三八”线。记得有个男生每周末总要给我一本新的小人书看，总是偷偷地给我，可是我总在周一上课的时候大大方方地还给他，弄得他很尴尬。我真的不是故意让他难堪的！我只是不懂又没做坏事，干吗要偷偷摸摸的啊？笨笨的、傻傻的我从小就跟小哥哥野惯了，根本就不守三八线的规矩。我从来都是大大方方地跟男生说话，还特看不惯有些扭扭捏捏的女生。也许，我的确有些侠气或匪气吧！总之，不是个乖女生。

那我到底是谁呢？或者不是谁？我的“真神”在哪里？

按照导师的指导，“只管打坐，观照呼吸，久坐必有禅”，我安心地坐着，静静地看着思绪的来去，不知不觉地做完了第二天的功课。晚上讨论的时候，大家都谈了自己的感想，我什么都不想说，突然想起了陶渊明的诗：“结庐在人境，而无车马喧。问君何能尔，心远地自偏。采菊东篱下，悠然见南山。山气日夕佳，飞鸟相与还。此中有真意，欲辨已忘言。”觉得诗里充满了无尽的禅意，“心远地自偏”啊！禅堂地处繁华，与我们的俗世杂务近在咫尺，只过了两天却恍若隔世。心的力量何其强大。很多年来，我的手机总是24小时开机的，可是禅修要关机7天！原先觉得不可想象，但是两天过去了，心却很安然。

第三天继续回忆。

爸爸同志

爸爸喜欢人家喊他“同志”，我就搂着他的脖子说：“爸爸同志，你永远都是个好同志，我一辈子都做你的同志！”每当这时候，爸爸就会开心地笑，还用胡子扎我。那个时候很少见爸爸开心地笑！

爸爸不仅陪我荡秋千，还会让我坐在他的肩膀上，我双手抱着他的头，到田野里玩，听爸爸讲抓土匪的故事。我说，爸爸，我要骑马，爸爸就会爬在地上让我骑，我喊“驾”，爸爸就会爬得很快。等我上小学了，学会了唱歌、踢毽、抹石子、跳房子等游戏，爸爸回来都会陪我玩，还很认真地跟我学唱歌。

8岁那年暑假，我和姐姐到爸爸工作的岐亭乡去看他。这大概是第一次有家里人去看望他吧。我们去之前没让他知道，姐姐带着我转了好多次车才到那个地方，可是爸爸不在乡里。有个负责守电话的年轻人带我们去找，我们在一个村子里的田头看到了正在挑草头（稻谷）的爸爸,那样子俨然就是个农民！爸爸看见我们一愣，随即开心地笑了起来。他挑着那么重的草头，是不能抱我的。爸爸把钥匙给了姐姐，对我们说："你们先跟叔叔回去。"又对那个叔叔说："麻烦你吃饭的时候叫上她们，我收工就回来。"

我们在爸爸宿舍里等着，一直到半夜，爸爸才回来。爸爸好像不累，很开心地夸我又长高了，还问了家里的情况。第二天我醒来的时候，又不见他了，姐姐说爸爸又去劳动了。

爸爸就这样天天去劳动，可是我发现其他人好像都不需要劳动，他们每天都是很早就吃了晚饭，然后坐在大门口乘凉。我已经和他们混得很熟了，他们都很喜欢我，喜欢我给他们唱歌跳舞，或背毛主席的诗词。

“龟田”和“山本”

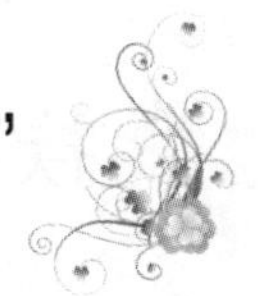

可是有两个人，我特不喜欢，他们好像是领导，跟爸爸说话的语气有些不好。但他们似乎很喜欢我，如果乘凉的时候有西瓜吃，他们就会喊我去吃。每次吃西瓜我都要问：“有我爸爸的吗？要给我爸爸留一块！”他们就会再给一块，我就留给爸爸，再把我的那块分给姐姐吃。但是姐姐总不吃，她舍不得吃——从小到大，姐姐总把好吃的、好玩的东西都留给我。

我后来给那两个人取了绰号，瘦的叫“龟田”，胖的叫“山本”。和爸爸姐姐说话的时候，我就说“龟田”怎么怎么的，“山本”怎么怎么的。爸爸和姐姐就批评我，说要叫伯伯和叔叔的。可是我不喜欢他们，那个时候有很多电影里的日本鬼子都叫这样的名字，呵呵！

“八一”建军节的时候，乡政府举行了盛大的座谈会，宴请了好多人，可是爸爸仍在劳动，不能回来吃饭。我也就没胃口了，只喝了一点汤。下午，我肚子痛，还拉稀。“龟田”说我是吃好东西吃多了，把肚子吃坏了。我很生气地对他嚷嚷：“你个龟田！”他居然一点也没生气。晚上，他还当着我爸爸的面摸着我的头说：“老李，你的这个丫头不错，胆子大，以后老了有指望啊！”爸爸只是高兴地嘿嘿笑，我似乎感觉到他好像和爸爸和解了似的，肚子居然不痛也不拉了，从此就喊他伯伯了。

挨打的守护神

小学时期尽管生活极其艰苦穷困，但心情是愉悦的。姐姐和小哥哥是我的守护神，谁要欺负我，他们就会去找人家理论。小哥哥打架是出了名的，英勇无比。

但小哥哥在家里总是被爸爸和大哥哥打，只要做错一点点事，爸爸回来就会打他，有时还用扫帚条抽！但是小哥哥每次挨打都不哭，所以我在心里就把他当成了坚强的布尔什维克。每次他挨打，我就在旁边哭，边哭还边为他求情。

有一件关于小哥哥保护我的小事，我一直深深记在心里——

一次，邻居家的阿姨突然对我说，“你不是你妈妈生的，你晓得吗？”我一下子蒙了，急忙赶回家去问奶奶，奶奶说那个人说的对；我又问妈妈，妈妈也说是的啊。

我问：“那我的爸爸妈妈呢？”妈妈说：“他们是叫花子，把你丢在举水河桥上了！我就把你捡来了啊！”“谁叫你捡我的？你赶快把我送回去！我不到你们家，我要去找我的叫花子爸爸妈妈！”我大哭大闹了起来，一晚上都不睡，坚持要到举水河去，尽管我连举水河在哪都不知道。家里人这下都慌了，他们怎么跟我解释我都不听，怎么劝都劝不住，我非坚持要走不可！

妈妈也许是忙也许是怕我跟她闹，第二天就偷偷地回单位了。而我抑郁了一个星期，谁也不理，不吃不睡的。小哥哥急坏了，他很认真地对我说：“他们真是逗你的，你真是妈妈生的，我亲眼看见的啊，妈妈把你生在马桶里了！”我问：“那不是搞得我一脸的粪吗？你骗人！”小哥哥急忙解释说：“没有啊，是奶奶准备的新马桶啊，所有的小孩都是这样出生的呢！”奶奶也在一旁帮腔说：“是的是的啊，我专门去为你买的新的，生哥哥姐姐用的马桶早就破了，再说那天又刚好是你妈妈的生日呢！”我想也许是真的吧,不然小孩怎么生出来呢！就破涕为笑了。我长大了才知道，小孩是不能生在马桶里的，那是小哥哥当年的权宜之计，小哥哥用智慧挽救了我的抑郁，长大后，他也一如既往地关怀我。

山村的读书声

10岁那年，爸爸平反了，又回到了县城，我们在县城又有了家。但妈妈仍在乡镇工作，所以我就一直在老家上学。那一届是望花山中学中考和高考最成功的一届，不但有七个人考上了重点高中，还有人考上了上海交通大学和北京大学！

老家人经常在孩子们面前提一些可以作为榜样的名字，我也居然有幸成为其中之一。若干年前，父母回老家探亲，老家的幺堂叔还把从报纸上剪贴下来的我的文字给父母看。幺堂叔是村子里为数不多的坚守土地的读书人，他很喜欢看我写的文字。可是，我后来一直都没写了，幺叔很失望，还曾问过我原因，我说，没时间写，实际上不仅仅是没时间，更主要的是没了心情和才气。

神秘的奶奶

奶奶一生吃素，守寡养大了我父亲和叔叔。

我一直觉得奶奶有点神秘色彩，因为无论谁家的孩子发烧了什么的都会来找她算算是不是中邪了。奶奶每次都拿只筷子或鸡蛋占卜，嘴里念念有词地说着。如果筷子或鸡蛋站住了，就要去给哪个祖先或是孤魂野鬼烧纸钱并“叫魂”。哥哥姐姐们说，奶奶在搞封建迷信，从不配合她去“叫魂”，只有我跟着奶奶去。

黑乎乎的夜里，我跟在奶奶身后，奶奶喊着那个孩子的名字说“回来吧”，我就大声地回答“哎，回来啦”，神秘而又鬼魅。第二天，那个孩子果然就退烧了，神奇！

奶奶很会讲故事，无论是夏天和奶奶一起乘凉，还是冬天和奶奶一起烘火，奶奶都会讲故事。牛郎织女、岳母刺字、狐仙惊魂、赤脚大仙、济公和尚等故事，我都是从奶奶那里听来的。

睿智的外公

外公是本地有名的乡绅。

外公家是我小时候最爱去的地方，家里有很多书，房子和家具都是旧式的样子，带天井的一进五间三连的房子，雕梁画栋。有个大院子，院子里有很多香樟树和枣树，有石桌、石凳，有海棠和梅花，有玫瑰和菊花，还有很大一棵栀子花。

我喜欢坐在石凳上读书，读唐诗宋词，把自己想象成游历江湖的侠士或遭人遗弃的怨妇。但我更最喜欢的是侠士，尤其喜欢黄庭坚的“桃李春风一杯酒，江湖夜雨十年灯”。后来移河造田，外公家的老房子没了，外公就到二姨家去了，舅舅们也陆续离开了那里。

我父亲平反后不久，政府给外公补发了一些钱，外公给每个孙子都发了零花钱，另外给我送了一套中国古代四大名著。外公总是叫我傻二姐，说我对人有一片愚忠还有一些侠气，也许人生会比较曲折。

外公是个非常开明的人，早早就送家里的男孩儿、女孩儿去念私塾。解放前夕，外公捐了很多钱财给共产党，还让长女（我母亲）和次女（我二姨）参加了革命。但是由于家庭成分问题，我母亲和二姨的仕途在“文革”期间都被断送了。

坚强又温柔的母亲

母亲是坚强的，她一直非常敬业，对自己和家人的要求都很严格。我暑假里常跟随母亲在农村蹲点，吃住都在农民家里。

母亲晚上组织农民开会学习，白天跟农民一起下地劳动。凡是母亲蹲点的大队都有较好的收成，因为母亲懂得科学种田，又很尊重农技员（当时那些从农大下放的教授都被母亲重用了起来）。如果队里收成不好，母亲就想办法去为社员争取更多的救济粮。所以每年总有些大队干部主动要求母亲到他们那里蹲点，社员也非常欢迎母亲。

沾了母亲的光，我总能被村子里的大人、小孩们善待。那时候蹲点的干部“吃派饭”，无论到哪家我和母亲都会受到倾其所有的招待，比如省下来的腊肉或腊鱼还有鸡蛋之类的。孩子们是不能上桌吃饭的，但是热情的主人总是把我拉上桌子吃饭，还总是把好菜夹到我碗里。

小时候跟随母亲一起比和父亲在一起的感觉完全不一样，人们都很尊重母亲，对母亲说话都是毕恭毕敬的，母亲同事们对她也十分尊重。小时候，我经常看见母亲用粮票和布票还有钱接济那些向她哭诉的人。

我上初中的时候，小哥哥上高中去了。我读初中的学校离母亲工作的公社机关很近，所以我每天都在机关食堂吃饭。食堂里的师傅为人很厚道，我如果放学迟了，他就会给我留饭留菜。机关里只有我一个小孩，我每餐吃饭时，大人们都给我夹菜，吃多慢也不会没菜吃。小哥哥知道我不会饿着肚子去上课，就很开心。

母亲休息的时候会亲自做些好吃的，母亲的厨艺很好，炒的洋菜很好吃。（洋菜，谐音“洋财”，也叫合菜，谐音“合彩”，是老家人办红白喜事时上桌的第一道菜，是用红萝卜丝、白萝卜丝、粉丝、千张丝、黄花和肉丝、青椒丝一起合炒。）母亲的火烧粑做得皮薄馅厚，经常有人要求母亲做火烧粑，食堂的师傅还跟母亲请教过手艺。

我小时候特挑食，绰号叫“金麻雀”——哪怕是没饱饭吃的时候也很挑嘴——所以我小时候特别瘦。我不吃菜籽油和棉籽油，凡是这两种油做的食品我都不吃。我也不吃面，火烧粑除了母亲做的那种也一概不吃。所以，母亲就尽量去想办法买又贵又不好买的花生油、豆油或麻油。那时候为了节约，每天晚上家里总吃面条，清汤寡水，我就不吃，母亲就在午餐时留一大碗饭晚上炒腌菜油盐饭给我吃，那个香啊，比现在的扬州炒饭还好吃！

我从小喜欢吃海带和猪血，还给它们取了只有我的家人能听懂的名字“胶皮鞋”。不知道我为什么把这两个完全不搭界的食品与完全不能吃的“胶皮鞋”扯到一起，而且在我的整个童年和少年时期都那样称呼它们。我还喜欢吃肉糕和鱼面。所以，母亲总是买海带和猪血回来，还自制肉糕和鱼面。母亲炖的土鸡鱼面汤是我今生的最爱！

如今我喝过无数种汤，可是从来没有哪种汤的滋味有母亲做的鱼面汤那么鲜美；我吃过无数道菜，可是没有哪道菜的味道美过母亲炒的洋菜。

在对童年时代的回忆中，禅修七天很快过去了。但是我好像还没有从那种氛围中醒过来，似乎和现实产生了隔阂。

我只想弄清楚一个事实：“我是谁？我的真我在哪里？我是如何走到现在的？我的未来会是什么样子？”

回忆，让我明白了自己为什么会嫁给我先生。

不被看好的一见钟情

认识他的时候正是我人生最失意的时候，由于高考失败，父母给了我很大的压力，根本不打算让我复读。父母还固执地认为，“女子无才便是德”，能有个好工作然后找个门当户对的人家嫁了就可以。父母为我安排了一般的大学生都有可能进不了的单位，希望我好好上班然后再安排我的婚事。可是我认识了我先生，我俩一见钟情！

先生帮助我复习，鼓励我参加高考，我才有机会上的大学。尽管我的父母和家人都极力反对，我仍然在大学毕业那年义无反顾地嫁给了他。现在想想，一半是为了和父母赌气，一半是为了重新找回家庭的温暖吧！

随着日子一天比一天好了，可是家里似乎没了儿时的欢乐和温暖。父亲整天都是愤懑不平的，说自己资历那么老，但没被重用，谁谁曾是他的部下，而现在却怎么怎么的了；大哥大嫂经常和父亲吵架，整年整月地不搭理父母；我也异常逆反，凡是父母认为有背景的所谓优秀青年我都认为是垃圾，眼里心里只有先生。

我和先生的婚礼是父母最不满意又没法阻止的一件事情，令他们感觉极为尴尬。我们恋爱时，父亲曾打骂过我先生多次，但除了促使我更加逆反、令我们更加相爱以外，没起到任何他所期望的作用。

现在回想起来，我父亲第一次动手打我，就是因为我和先生谈恋爱。要知道，从小到大父亲从来都舍不得碰我一个指头的。尽管他脾气暴躁，经常打哥哥姐姐们，但从没打过我。当年为了阻止我和先生恋爱，他却扇了我一耳光。

父母曾经预言，我的婚姻会让我尝尽苦头，所有的人都不看好先生。果然不错，先生和我的事业都经历了一些磕磕绊绊，先生因为得罪了顶头上司而有很长一段时间都被停发工资。然而在先生最倒霉的那段时间里，我从未有半句怨言，我们一直相互温暖和鼓励。后来我们的日子安定了、富足了，我们的婚姻也算得上平淡安宁。也许，我们彼此是今生最好的选择。

性格与命运

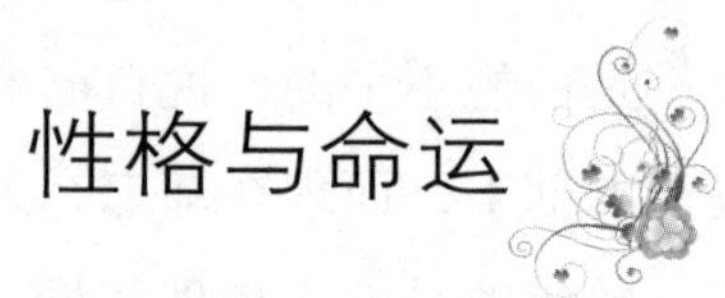

我的性格特点是什么呢？初生的原始灵魂和感觉；对神秘不可知的事情有着天生的好奇和探索欲望；开朗而热情，永远天真未泯；强烈的好奇心、坚强的意志力，不服输和冒险犯难、创新求变的精神；很有行动力；自我意识和主观意识很强，充满自信而且固执；不会等待机会从天而降，而会积极地争取，无畏艰难和困苦；喜欢无拘无束和自行其是，做事从不吝惜气力，宁可付出巨大的代价，也要力争前茅；从来不在任何困难和失败面前低头；富有首创精神，极有鼓动性，常常能启发和影响并能吸引他人；从不吝惜自己的气力、感情和财富……

斗争、探索和征服对我来说，要比金钱更有诱惑力。一旦有了钱，常常挥金如土，或者赠送给亲朋好友，或者投注到冒险的事业中去。侠义的性格，让我结交许多剖心相见的朋友。

我的优点是：性格进取、豁达、慷慨、轻信、活泼，风一样的神秘，深爱自由，不喜欢受到外界的压抑。有企图心和冒险精神，勇于尝试，精力旺盛，一旦确定目标就会全力以赴。

我的缺点也非常明显：缺乏耐性、暴躁、冲动、以自我为中心、粗枝大叶而不细心。

也许这些就是我的性格特点，命运决定性格：我命里“比劫林立”。我的每一步成长都来自于朋友的帮助，同时我也不断地成就朋友们。丙午丁未，火土相生，金木不见，急躁而守礼，忠厚诚信，小有才华。一生都有贵人相助，也有小人相害，但贵人远比小人多得多，且能逢凶化吉。虽然不会大富大贵，但也不会衣食不周。这就是我的命!

是夜打坐到半夜两点还无睡意，先生劝我入眠，我说:“不搞清楚我是谁，睡不着！”先生认真地对我说：“我知道你是谁，你是我老婆！”“那我又不是谁呢？”先生哑然。

也许终其一生也无法回答这个哲学上的最高命题。人要花太多漫长的时间和精力，拨开一层一层迷雾才能真正了解自己。但是在回忆人生的过程里，酸甜苦乐、一幕一幕，除了悲伤之外，那闪闪发亮的是父母的珍爱、兄姊的呵护、丈夫的一路扶持。

照见本心、明心见性也许要花费一生去修行和探索。在这个过程里，且行且珍惜!

萧瑟的乡村

先生最近总是梦见婆婆，于是我们决定回趟老家，接婆婆过来，顺便去探望其他长辈们。

回婆婆家的路非常不好走，几乎每次都会弄坏车子底盘；而我每次都许愿说，等我发财了，一定要把那路修好，却年年都不能如愿。我们既没有挣来修路的钱，也没有挣来换辆越野车的钱，只好年年次次地考验先生的驾驶水平、来来回回地修车。

早晨六点钟出发，到婆婆家几近中午了，哥哥到城里打货还没回来，只有嫂子在店里。嫂子告诉我们，婆婆和她怄气跑回家里去了，已经好几天没到街上来。我们急忙跑到村里的家里去找，可是门锁着，婆婆不在家。路过家门口的叔伯弟媳很热情地跟我们打招呼，并说："你妈肯定是在菜地里。"我们急忙跑向菜地，婆婆果真在地里，正弯着腰在种蚕豆。早有村人在那里喊道："七奶，你的真心来看你了啊，你的财神回来了呢！"婆婆看见我们，有些喜出望外。

婆婆一把拉着我："你们么样又回来了呢？""想你了撒，来接你到我们那里去呢！""我不去你们那里，你们那里太冷了，等宝宝毕业了，我要到她那里去，她那里有暖气呗？""她还要读研呢，毕业还有（方言，就是很久的意思）啊，等她有暖气的大房子还有息老影呢，你攒劲活哈，等她以后来接你到北京去！现在到武汉哈，那里有空调，冻不到你撒！”“不去哪喂，你们那里不好玩啊！菜又都是打了农药的，不好吃呀！”婆婆笑嘻嘻地说。

先生边种豆边笑着说“看到冇，妈要吃绿色蔬菜呢，完全无公害的哦！”不一会先生就把剩下的蚕豆都种到地里了，然后一起回家。婆婆高兴地和村人打着招呼，并把我带给她的饼干、糖果分给那些跟着我们跑的孩子们。

路过村长家门口，看见几个人在竹签上写字，一群妇女在那里唧唧喳喳地议论着什么，见我们走过来了，咋咋呼呼地跟我们打着招呼。先生问他们干什么，他们说，村里的田地要重新分配，先生问：“有冇得我的啊？”“有啊，你们看得中吗？”乡亲们跟他开玩笑。“看的中，看的中，等我们退休了就回来种地啊！”先生也哈哈大笑。

这时候婆婆小声地跟我讲：“耀伢他们要到上海去，你晓得啵？”“我晓得啊，你以后就到我们那里哈！”“我就在老屋里，哪里也不去。”“那我们不放心啊！”“你们经常来看看我就要得了撒！我晓得你们总是不放心呢，他们总是吼我，哪像你的脾气好呢，但你们那里我一个熟人都冇得，又冷，又不能烘火，空调不舒服。”婆婆有些心酸地说，眼睛都湿了。“你别生他们的气，他们是说话声音大了些，你聋，怕你听不见啊。今天到他们那里吃午饭哈，不到屋里煮，我们带给你的肉和菜，刚才都放在那里了呢！”婆婆沉吟了一会答应了。

老屋依然是那样破旧，我摸了摸婆婆床上的被褥：电热毯在床上，还垫了三床很厚的新棉絮，盖的也很厚。我问她夜里冷不冷，她说，“冷啊，好半天都困不热呢！”“你用电热毯要注意安全哈！”“嗯，我晓得！”我们一起到街上的店子里，婆婆和嫂子就忙着做饭，先生说：“我们去下畈去看看大伯（姑妈），一会回来吃饭。”婆婆追出来跟我说，“你们莫到她房里去哈，大做气撒！（方言臭味很臭的意思）”

姑妈已经瘫了好几年了。我们推开门，她一个人坐在自己的房里，已经出嫁了的侄女坐在堂屋里织毛衣，见我们到了，立即起身去找她爸爸妈妈去了。我把带给姑妈的东西放在桌子上，然后拆开一包点心送到姑妈手里，“大伯，你看看这包你喜欢吃吗？”“喜欢啊，你买的总好吃！”我每次来看姑妈，都会忍着难闻的气味和她聊天。“姑伯呢？”“他自己单过去了，不理我们了！住在偏房里去了！”真是出乎意料，八十多岁的姑妈姑父竟分开过了！我们陪姑妈聊了会，就到偏房里去看姑父。偏房是在主屋的旁边搭的一间矮矮的屋子，以前可能是放农具的，屋上的瓦好像破了似的漏风。姑父躺在床上，见我们到了就坐了起来，立即跟我们控诉起女儿和女婿的不孝起来，我不知该说什么好，临走的时候给了他100元钱。“我只买了一份接礼呢，没另外跟你买，这点钱你自己去买点什么吧！”推了半天他才收下。

姑父的被子很薄，主屋是座宽敞的二层楼，偏房就显得格外寒酸，我心里难过极了。再看见表姐和表姐夫时，就生了几份厌恶。表姐和姐夫想跟我解释什么，可我什么都不想听了，只对他们说：“姑伯床上的棉絮太薄了，你们给他加厚点吧！”

我们连茶也没喝一口就离开了姑妈家，临走时我又偷偷地塞了一百元钱给姑妈。

到家时哥哥已经回来了，吃完饭就开始讨论婆婆的去向问题，婆婆睁大了眼睛一会看看这个一会看看那个。她耳朵很聋，根本就听不清我们说什么，但她知道肯定跟她有关系。婆婆一直拉着我的手，很无助地坐着，我心里直想哭。

“妈不愿意到我们那里去，要不就托付给湾里哪位叔伯弟兄家里照顾一下吧，我们每个月回来几次。”我先生说道。

“那不行啊，妈太直了，把人家都得罪了，不会有人愿意照顾她的，我们都不在家，他们肯定会给拼（方言“亏”）得她吃。”嫂子说道。

“不会吧，我们每个月给点钱给人家不行吗？”我说。

“给钱就性质变了，按理他们应该照顾的，我们帮了他们不少忙的，再说亲房叔伯的就剩下妈和二大两位老人了，妈的身体又好又能自理。但妈把人家都得罪了，估计没人愿意管她的闲事！”哥哥说。

“我就不信会那样，一个80岁的老人能得罪谁呢？她那么聋又能说谁呢？”

“她总是聋说聋说的伙嗟（语气词，方言），不得她了啊！你们不了解情况啊！”

“现在经济危机开始了，很多农民工都返乡了，你们却要跑出去。”我说。

“侄子的孩子让嫂子一个人去带就可以了，哥哥还在家里守着这个店多好啊，不要以后搞的什么都没有了，连个褪钵儿都冒得啦伙嗟（连个退路都没有啦）！当初我们不同意你们把侄儿侄女的户口买出去，你们不听，现在想回来分地也分不成了吧，当时还埋怨我们不帮忙呢。”我先生说道。

“过完年再说吧！”哥哥说道。

“妈，收拾一下，跟我们走吧！”我对婆婆说。

“我不去，要去也要等暖和了再去呢！”婆婆回答。

“那你再拿点钱吧！”我递给了她几百块钱，婆婆笑着收下了。

车子开动的时候，婆婆大声地喊道：“他们过完年就到上海去了啊，耀伢去那里帮人照仓库！你们再回来时直接到老屋去，莫到街上来！回老屋过年哈！”婆婆的声音里充满了不满和无奈！我笑着对婆婆说：“你放心哈，实在不行，我回来陪你兴（种）菜！”婆婆很开心地笑了，她知道，我不会丢下她不管的。

我的心情十分沉重，像低垂而布满阴霾的天空，广袤的田野一片萧瑟，渐行渐远的乡村就淹没在那片萧瑟里，那里有我割舍不下的亲人，我那日渐衰老而又不愿走进城市文明的婆婆——我的第二个母亲。

总是梦想自己能长成参天大树，来为我的亲人们挡风遮雨，可是我永远只是棵长不高的小草。

我和先生一路无话，从今天起，先生也许会夜夜梦回乡村，他比我更沉重。城市的灯火在远处闪亮。

故乡的端午节

端午到了，想到了秭归县城的龙舟大赛和青青泠泠的汨罗江水，萌生了带老父老母去汨罗江畔过节的念头。可是市政府一再发出暴雨预警，父母也不想出去，只好作罢，只好坐在书房里想象汨罗江畔的热闹繁华。

说实话，长这么大了，还没有一次亲临过龙舟赛场。我的故乡是山区，少水。小时候也不知道端午节是为了纪念屈原的节日，不知道屈大夫，但知道与洪水有关的龟子，因为疼爱我的大伯母总亲昵地唤我“龟子”。

故乡在麻城市望花山乡乌石山下。相传，共工氏头触不周之山，天柱断，地维缺，天倾东南，滔天洪水自西向东扑来，生活在大别山一带的黎民百姓危在旦夕。住在洞庭湖的灵蛇急忙赶到今天的武昌，准备把洪水堵住，让它朝西南倾泻。谁知，灵蛇这么一堵，江水反而夺路朝东北方向冲来，大别山一带马上变得险象环生，朝夕难保。

情况紧急，麻城龟峰山修炼了千百万年的神龟圣母，决定要去与灵蛇会合，共同堵住暴虐不羁的江水，以拯救天下生灵。一向孝顺母亲的龟子自告奋勇说，母亲啊，您留在家里，就让孩儿去堵江吧，我一定会不辱使命的。

经龟子再三请求，神龟圣母终于答应让儿子去堵江。辞别母亲之后，龟子就上路了。爬了几十里，龟子回头依依不舍地朝龟峰山方向望了又望，心想此去前途未卜，还是留点什么做个纪念吧。留什么呢？自己一无所有啊！正一筹莫展间，龟子的肚子有点发胀，于是他决定留下自己的粪便作纪念。直到今天，望花山境内还耸立着一座紫乌紫乌的小尖山，当地人称“乌石山”。我就是出生在山脚下的一个小山村里。

龟子继续前行，西南方向有座山头上不知怎的竟开满了各种各样奇异的花儿，好看极了。龟子边爬边回头张望那满山灿烂的花朵。如今，龟子望花的地方，被后人称作“望花山”。龟子爬过的地带，如今是一条紫乌紫乌的地脉，从麻城一直延伸到新洲，足有上百里之遥。

堵江的龟子终于爬到了汉阳，与灵蛇一道奋勇堵江。当泛滥的洪水被堵成一道扬子江的时候，天帝发怒，说龟蛇二仙擅自堵江违反了天条，于是派天兵天将遣下一座黄鹤楼压在灵蛇头上，遣下一座归元寺压在龟子的尾上。久而久之，灵蛇的躯体化成了武昌蛇山，龟子的躯体化成了汉阳的龟山。

龟子壮烈献身后，家乡的百姓十分怀念他，许许多多的父母常常把心爱的儿女唤作“龟子”，以示对龟仙的纪念。望花山一带的老百姓至今依然保留着这一叫法，而我就是被大伯母疼爱的“龟子”。

在我的记忆中，故乡的端午节要插艾叶、菖蒲和包粽子，还要给亲戚送节礼。倘若谁家里有在当年嫁娶的，那么一定要在端午节给所有亲戚送节礼来告示大家今年要办喜事。节礼也很简单，就是几斤桃子用袋子装着，袋口上贴着红纸，四把蒲扇，用红纸、红绳捆着的八个芝麻饼子。送礼的人和接礼的人都喜气洋洋，在心里期待大喜的日子来临。端午节还要接未过门的媳妇来吃午饭。记得当年伯母家的大哥相中了一个很漂亮的女子，根正苗红的，跟我们家当兵的大堂兄很般配。可是大伯早就过世了，大伯母想到自己家里太穷，怕媳妇嫌弃，便竭尽所能地对她好。

记得在端午节的前几天，大伯母就开始为接那未来的儿媳妇来过节忙活：磨糯米粉、买肉、腌咸鸭蛋、炸圆子、包粽子、炖老母鸡煨鱼面，把平时舍不得花的钱都用在这餐饭上了。大伯母自然是要我和她那未来的媳妇伢一起享受那些美食的，那女子很矜持客气，于是便宜了我这个小馋猫。至今，我都特喜欢吃老母鸡煨鱼面汤，那个鲜和香啊简直让人想想都流口水。那女子后来被推荐上了工农兵大学，毕业后与大堂兄结婚，成了我的堂嫂，回到我们大队的小学教书了。我小的时候很迷她，总觉得她就像仕女画上的人。离开故乡几十年了，不知道家乡的这种风俗是不是承袭下来了。大堂兄和大堂嫂早已做了爷爷奶奶，不知道大堂嫂是否给过她的儿媳妇像她当年那样的礼遇。

由于龟子的传承，故乡人是十分讲究孝道的。疼我的大伯母早已作古，她的晚年很幸福，堂哥堂嫂们很孝顺。她有时间就到我母亲家小住一些日子，总是感念我母亲对她一家人的照顾。前几年，父亲母亲回老家，大堂兄大堂嫂还接待过他们。

要过节了，我突然想起了老家的亲人，就此借这些文字遥祝他们节日快乐吧！

陪在爸妈身边的日子

老天对我的厚爱确实令我感动。我一直祈祷父母来武汉的时候要秋阳高照，果真就如此了。我重新洗晒了被褥，想有更多的阳光温暖父母年迈的躯体。我还买了几样父母没吃过的点心和几样不同功效的蜂蜜，可着心地做着迎接父母的准备。

父亲确实老了，但老了的父亲似乎有很多未了的心愿和忧虑。父亲写了很多诗词，但父亲的诗词里有太多的愤懑和悲怨。父亲写道："风华正茂造霜击，雨打芭蕉泪满衫。十载艰辛不矢志，一心只思报国难。"

父亲有时喜欢夸大幸福或痛苦，对儿孙的期待很高，可我们却无比平凡，于是父亲就无比沮丧，而那种沮丧无可救药地吞噬着父亲的健康和快乐。父亲还喜欢夸大儿女的孝或不孝。国庆节我和我先生回老家看望他们，在姐姐家的餐桌上，父亲很激动而且有些夸张地赞扬了我和我先生，而且还老泪纵横地回忆了一些往事，弄得气氛有些尴尬。

事实上，论行孝，我和先生远不及姐姐、姐夫还有小哥哥和小嫂嫂，可是父亲似乎只记得我小时候的乖巧。父亲说，他能活到今天，就得益于我从小喊他"少老头"。父亲的名字里有个"少"字，所以我就发明了"少老头"的叫法，自然只有我一个人敢这样叫。

父亲很严肃而且脾气十分暴躁，却非常宠爱我。父亲还说，有好几次他都想过要自杀，因为又想到我还那么小，不忍心丢下我，所以才作罢。他似乎全然忘了我当初不听话，一意孤行地嫁给了我先生而带给他的痛苦。而我先生经过 20 多年的努力终于得到了我父亲的认同和赞扬，那几天我先生不知道偷偷乐了多久呢。

父亲思想守旧。他反对我们自由恋爱，所以姐姐的婚姻是他一手操办的，姐夫是他挑选的，我和哥哥们的婚事却是自己做的主。在婚后的岁月里出现了诸多矛盾，我和先生总是瞒着父母亲，即使有再多的委屈和艰难我也不会让娘家人知道，哥哥们的家事却让父亲操碎了心。

有年春节，父亲召集大家开家庭会议，在会上说，我们家是不兴离婚的，人都是你们自己找的，现在想不要是不成的，哪怕是堆臭狗屎也要认了！可是小哥哥最后还是离婚了，父亲觉得很丢人，相当长时间都感到在外人面前抬不起头来。父亲认为我异常争气，他那么不看好我的婚姻，我都过了下来，而且还表现得那么美满。很多年前，父亲就对哥哥们说，你们看看小妹多争气，她就知道打掉牙齿往肚里吞，从来没半句怨言，你看看你们是怎么过的？事实上，父亲也早就知道，我没有我所表现出来的那么幸福甜蜜，但父亲可以夸大正面或负面的情绪和认知。所以我就利用了他这个特点，对他只报喜不报忧。

近十年来父亲经常哭，几乎每见我一回都会哭诉一回，大抵都是因为一些家庭小事，大都是与长子之间的矛盾，每次我都要劝慰他许久，还不断地为我那 50 多岁的大哥开脱。他俩的战争其实持续了几十年，只是父亲以前没现在这样脆弱。昨天因为长孙和孙媳没来看他，他坐在沙发上又哭了。我对他说，他们过几天会来看他的，他还是哭，并不停地咳嗽。我要跟他穿袜子，他不但不穿，还把外套也脱了，说希望自己早点死……我和母亲都有些手足无措。我端来热水给他泡脚，给他剪指甲。父亲的脚老得不成样子了，老茧硬得磨痛了我的手，指甲也硬得我无法剪动。父亲终于逐渐平静了下来。我不知道怎样才能温暖得了我那脆弱而敏感的老父亲！

母亲一生勤俭，乐善好施，而且对我奶奶非常孝顺。我在10岁以后才一直跟在母亲身边，10岁以前似乎没有多少关于母亲的记忆。那时候，家里很穷，我是穿姐姐的旧衣服长大的。母亲总是穿得非常朴素，她的内衣和袜子总是补了又补，好多年都舍不得添件外套。家里有什么好吃的，母亲从来都舍不得吃，但对外人却极为大方，经常救济那些比我们更穷的人。母亲是不会浪费一点东西的，哪怕一口饭一口汤也不会倒掉，一根线一寸布一张纸也不忍丢弃。直到现在，母亲还是这样节约，我穿旧了、破了的衣服和袜子什么的，母亲都捡去当内衣穿在自己身上，我给她买的新衣服总舍不得穿。母亲一生都在工作，晚年有退休金，却舍不得给自己买任何东西。我每次给她买什么，她总是批评我瞎花钱。母亲很知足也很快乐，她常说自己有福，说自己是夫全、子全、儿女双全，里孙外孙们除了一个孙子外其他人都是名牌大学生，儿孙满堂的，她觉得要感恩上天和社会，所以对任何人都非常宽厚。

母亲比父亲要平和许多，她的贤淑和慈祥亦如年轻时候。

母亲一点也不糊涂和唠叨，这两年虽然耳背得厉害，头发花白了，牙掉了，背驼了，腰也歪了，但是眼睛还明亮有神。母亲对一切美好的事物都十分喜爱和好奇，我带她出去玩的时候，她总是兴高采烈的，睁着那双童真般的大眼睛热切地四处搜寻，然后喜笑颜开地说："我们好幸福啊！武汉有个好女好女婿，逢年过节好休息！"

母亲对父亲照顾得非常周到，父亲在他的诗词里经常赞扬母亲的贤惠和善良，如"而今休闲忆往事，心宽惟感内人贤"。母亲相信因果，而且她从来都不评价儿女们孝或不孝，总是默默无私地付出。母亲劝父亲不要计较谁好谁坏，一切都是因果轮回，善恶终有报，这辈子不报还有下辈子呢！所以母亲总是那样安宁快乐。母亲的话语充满禅理。

真心地祈祷上苍保佑我的老父老母健康长寿、快乐安宁！

盼得宝宝归

宝宝到北京上学有4个年头了，每逢节假日的时候，往返非常不容易，真是一票难求。

今年因为参加研究生考试，11号才考完。备考的时候，宝宝就开始在为回武汉的票发愁。我告诉她不用愁，实在不行了坐飞机回吧，你安心备考，什么也别想了。9号的时候，宝宝很高兴地跟我打来电话说，不用坐飞机了啊，薇薇帮我弄到了票呢，T176的硬座，13号下午上车，14号凌晨3点40分到。宝宝很兴奋，我却有些难过：硬座，而且坐那么长的时间，多辛苦啊。宝宝为了给我省钱，从没坐过飞机，有一年还是买的站票绕道石家庄转车去北京的。

薇薇是宝宝的室友，总像姐姐一样关怀她。薇薇是“保研”的，为了陪宝宝才没回家。宝宝寝室里的6个女生，比宝宝大一岁或三岁，都是好朋友，都像姐姐一样爱护宝宝。于今，那5个孩子不是出国就是“保研”，或者“直博”，只有宝宝一个人选择了跨专业考研。宝宝是学材料物理专业的，考研报的专业却是法律，从纯理科跳到了纯文科。考试结束的时候，宝宝给我打电话说，专业课考得不很理想。我说，没关系，如果这次没考好，你明年再考本专业吧！她说，妈妈，我发现我太喜欢法律了，您别逼我学材料科学啊！您不知道，我现在看我的室友们的眼光是满怀崇敬的，她们都在为科学献身呢！我选择做她们的保护神，保护她们的专利，多好啊！妈，您不知道，那个谁现在每天早晨一醒了就说，完了完了，北大的女博士怎么嫁啊，抱着我喊救命呢！哈哈！宝宝说完大笑起来。我说，回来再聊吧。

我和先生为了迎接宝宝做了分工，我负责后勤保障，先生负责凌晨接站。宝宝的床重新翻晒了，铺上了她最喜欢的被褥；把她喜欢的绿色植物放在阳台上吸足了阳光。13 号，我买了宝宝爱吃的菜，还煲了汤。下午 4 点，宝宝上了车。夜里，宝宝发短信说：美女，你们睡了吗？想你们了！我回短信：爸爸睡了，我还在煨汤呢，想你！宝宝复信：谢谢妈妈，亲个！宝宝大多数的时候总是喊我美女或娘，喊她爸叫老爹或爹的，呵呵。过了一会，宝宝又有信息来了：美女，我过了郑州呢，再过几个钟头就能见到你们了啊！您千万别来车站接哈，外面好冷哦！嗯，好的，我在家里等你！我很激动，居然没一丝睡意。真的真的很想宝宝。

宝宝是个懂事的孩子，每次回来，总是抢着做家务，洗衣服洗碗她都包了。她还陪奶奶，照顾外公外婆，帮我掖被子。自初中毕业开始，她就对我说，娘，我长大了，该我照顾你了。暑期我带她一起出差，买票、提包、认路、住店都是她张罗，我落得逍遥。一想到宝宝，就觉得很幸福。

凌晨 3 点，先生醒了，我知道他肯定也睡不踏实，宝宝是他的命。我说，还睡会吧，来得及。我还是早点去的好，我把汤打到了小火煨着，你别管，你贪不得凉的哦，你睡到，莫起来哈！先生轻轻地关好门出去了。

3点40了，宝宝的电话打不通，先生的电话也打不通，4点了才打通宝宝的电话，她说，车晚点了呢。爸爸在出站口等你。我知道，他给我短信息了。4点50的时候，我打通了先生的电话，没人接，一会儿就听到了开门的声音。宝宝！妈妈！来，抱抱！我身上臭臭，洗下再抱你哈！宝宝笑着去洗了。车晚点了50分钟才到的呢！先生说。那你没到你车里眯会儿吗？没有，我一直等在出站口。冻坏了吧？还好！等她出来的时候，我一眼就看到她了，她在茫然四顾的时候，我就到她面前了呢！先生很得意地说。是啊，从小到大都是你接送的多些，功劳大大的哦！我对先生竖起了大拇指！

宝宝从洗手间出来了，我说，把大灯开开，让妈妈好好看看你，呀，变漂亮了呢！好像还瘦了点呢！妈，来，你看看薇薇送给我的衣服，可爱吧，小狗狗的造型，喏，两个耳朵，背后还有尾巴呢，她自己的一件是个小猫！宝宝迫不及待地跟我讲起她的同学和朋友。我真的很佩服她们几个“直博”的啊，真了不起！如果今年不行，那你明年也考本专业，好吗？不行，我太喜欢法律了，您就让我再考一次吧。那你填了服从调剂了吗？没有。你既然那么喜欢法律，可以填个服从调剂嘛，说不定胜算大些呢！没必要，我不仅喜欢法律，更喜欢北大啊！哈哈！宝宝很快乐！12号的时候，小姨请我吃饭来着，我们也讨论了这个问题，我对小姨说，如果非要我再读本专业，那我就只有死磕了，我的人生就会了无生气，如果让我学法律并从事法律工作，我会很快乐，会有幸福感和成就感。你不是从小就想当科学家吗？现在不想了。我现在对人文更感兴趣！算了，我们不讨论了，先喝点汤吧！哎呀，我还真饿了呢！宝宝一连吃了两碗排骨藕汤，真香！真香！家里真好哦！

宝宝的小姨是我的表妹蓓，上世纪80年代末期以荆州地区的高考文科状元的好成绩进京学法律的；宝宝的表姐琦也是法律系的高材生，我们家族已经有两个学法律的女生了，我真的希望宝宝不要学法律，可是我说服不了她。

宝宝吃完了，好像一点也不困。我要到你们床上来。嗯，好吧。宝宝紧挨着我挤着我。哦，妈妈，你记得我曾跟你说过的一个男生吗？谁？就是我们班大我4岁的那位，我叫他大叔的那个。他很搞哦，原以为他要和外语系漂亮的北京妹妹结婚，可是快毕业了，他突然在校园网上发帖子和别人吹灯了，说什么他一直只喜欢他的前女友，现在正和前女友再续前缘呢！那位前女友是清华的。可是他太欺负人了啊，吹了就吹呗，还要说什么从来就没喜欢过人家，可是我们都知道，他和外语系的妹妹早就开始谈婚论嫁了啊，人家父母都打算拿钱出来为他们买新房了呢！还有啊，我们寝室里可爱的佳佳和另外一个男生也突然宣布，等佳佳从美国回来就结婚呢！我们寝室总算是在恋爱上有个零的突破了，我们都为佳佳高兴得不得了哦！那真是值得祝贺。哦，还有杨啊，她妈妈总是要她去相亲，她也是“直博”的哦，她不去，可把她妈妈急死了，呵呵！那你呢？我问她。我急啥呢，不急！等她们都谈了，我再谈也不迟！宝宝还在意犹未尽地说着，可是我困得不行了，睡着了。

早晨醒来竟到了8点，先生早就上班去了，宝宝还在甜甜香香地做着美梦。

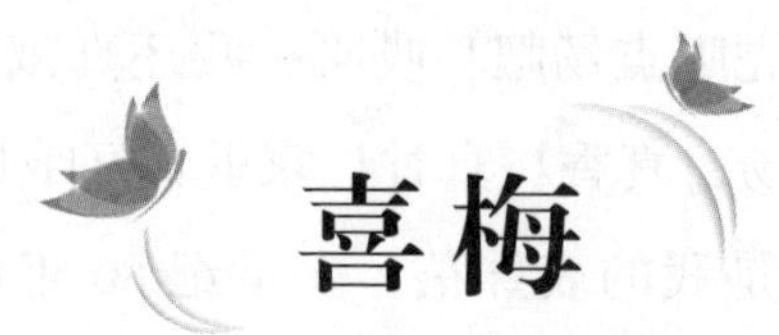

喜梅

网络真的很神奇，有博友给我留言说，李喜梅找我，并留下了她的电话，我立即就与这位有 30 年未见面的儿时伙伴联系上了。

李喜梅是我们村里的，大我 3 岁，扎一对长辫子，很可爱，性格开朗活泼。喜梅家后面是一片竹林，我们经常在竹林里玩耍，看竹笋慢慢长大，听雨水滴打竹叶的声音。

但喜梅很不幸，很小的时候就没了父亲，我记得她的父亲好像是我们小学的校长或者是老师，但很早就去世了。她父亲去世不久，喜梅又得了骨髓炎还是别的什么病，反正有条腿从此就残疾了。但她很坚强，很敏感，自尊心很强，无论下雨还是下雪，都坚持上学，从不迟到早退。

喜梅总是自己来上学。有时候，我陪着她慢慢走，我们边走还边唱歌或讲故事。喜梅会讲很多故事，大抵是从说书匠那里听来的故事吧。虽然她的成绩在班里只算中等，但她的手很巧，会绣花，会纳鞋垫和鞋底，会做鞋还会纺线织布。喜梅喜欢梅花，她还会画各种各样的梅花，用蜡笔添了颜色送给我。

可是喜梅没能上高中，初中毕业后就辍学了——因为她是家里的长女，还有弟弟们要钱读书呢。记得我高中毕业后去找过她，但未碰见，说是出嫁了。

直到今天，我才知道喜梅嫁到了新洲的一个叫细曾家的村里。

刚好我们有个初中的同班同学在那个镇上当副镇长。喜梅跟我说，她的生活仍不太好，刚做了新房子，老公在跟别人帮工，两个儿子在外面打工，小儿子现在又回家了没事做，希望能帮助找个工作。我问了一下情况，她儿子只是初中毕业，以前在一家电子厂做事，可是现在失业回家了，听说大儿子那里工作好像也不保险。

我不知道该怎样帮她，我旗下的三个小摊子已关张了两个，就剩下学校了，而由于国家政策的变化，以前的培训项目暂时不能开展，实际上也处在停顿之中。员工们也都失业了，支付完补偿后，我也就是仅仅没破产关门而已。好在我提前为那些不愿到学校创业的员工找到了新的出路，那些不愿离开我的等着与我共同创业的几个人，也都在休假状态。像我这样的行业根本就不适合她的两个儿子。喜梅在一个最不好的时机找到了我，金融危机可能在我身上的体现比她更严重些。但我知道，她一定比我更难。这几天，我天天在为她的事情着急。

喜梅告诉我，我们那个当副镇长的同学可以帮她，希望我跟他打个电话。因为喜梅是残疾人，国家有些政策是可以给予一些照顾的。但敏感而自尊的喜梅是通情达理的，她说不好意思亲自去找镇长同学，怕跟人家添麻烦；之所以敢找我，是认为我和她的关系不一般，我们是姊妹，而且知道我很讲义气。喜梅还说不急，叫我别太操心了，只希望我别忘了她，有时间一定要去看她。喜梅找来了那位同学的电话，可是我打了几次都未通。

总以为我可以长成参天大树，可是我永远都长大不了，跟我一起发展的合作伙伴或员工，有买房买车的，有的在我的鼓励和帮助下自立门户了，有娶妻生子的，也有嫁人或再去读研读博的。他们都成长了，但我还是没有茂盛起来。曾经有命理大师说我的八字“比劫林立”,是个成就他人的命。我觉得倘若如此，那也是一件好事，至少可以成就一下喜梅了！她的要求一点也不高也不过分，也就是希望在国家政策允许的情况下给点照顾。我很想对她说，等我去看她的时候，我要为她的新房子送一份大礼。但是我没说，因为我不知道我什么时候才能去看她。

这几天，大概是因了她的缘故，我天天都梦回故乡，梦回乌石山下的村庄，梦见望花山中学，那些很久很久都没见的同学或儿时的玩伴都在梦里纷至沓来。

夜深忽梦少年事。

也许不圆满

圆满是我们一生的追求，可是人生不如意之事十有八九，所谓人生长恨水长东，我们生活中存在着太多的缺憾。这种缺憾，可以是全局的，注定了一生；也可能是局部的，定格于某一件事情。回忆起我的少年时代，倒是有许多不圆满的事情。

小的时候，因为寄养在农村，那时是大集体，谷子、菜和油等都靠挣工分或国家供应。每到村子里分口粮或菜什么的时候，所有的小伙伴们都拿着家什欢天喜地地排队，等着拿东西，而我只有看的份。大人们都喜欢我，经常戏谑我是个“黑伢”——没户口。很长一段时间，我都很自卑，觉得自己比其他的小伙伴低人一等。等到长大了，上高中了，却又因为自己有商品粮户口，被同学们视为幸运儿，成为同学们眼里不用念书也可以穿皮鞋之类的人。

没人知道我是多么渴望上大学，但是那份执着和坚持我埋在心里，不敢说出来。因为我记得有次黄老师给我们出的《我的理想》的命题作文，我当时说自己的理想是当个文学家。立即便有同学写了篇讽刺我的小作文，说我是异想天开，说我“闪”。幸亏有个同学立即用一篇小作文作了回应，模拟鲁迅先生《“友邦惊诧”论》里的口吻，用“国将不国”的语气为我打抱不平。

高中生涯颇有几分艰辛——尽管我在寝室熄灯后还拿着手电筒躲在被子里背书、看习题集，废寝忘食、悬梁刺股也没办法把成绩提高一点点！更可怕的是大家的误会：有人说我因为家庭条件好，吃商品粮，根本就不想考大学，根本就没把心思放在学习上。这些传闻居然还传到了我父亲的耳朵里，思想保守的父亲大怒，无论我怎么解释都不让我再复读了。而那两位当年以文论战的同学，后来都考上了大学，一个考上了武汉某高校，一个上了我朝思暮想的北大。现在北大的那位同学真跟文学家沾边了，而我却因为忙于生计远离了梦想（为了生计也许是个借口，真正的文学家没有哪一个不是在困顿中磨砺出来的呢）。看来那位聪明的女同学在二十多年前就知道我当不了文学家，真是佩服她的知人之智啊！这些年来，面对曾经的理想，觉得有些对不住那位男同学，他当年敢为我说话多么不容易！

还记得有次学校团委搞宣传，在宣传栏里用了我的一幅题为“红杏枝头春意闹”的写意画。有位同学就质问我，你懂得绘画吗，你知道人像中头和手、衣领和袖子的比例吗？我老实地回答说，不懂。我也确实不懂，可是我莫名其妙地画了那张所谓的画：一个女生坐在窗前读书，一株红杏在迎风怒放。我已不记得那画上的字和诗是谁帮忙题上去的，反正不是我，我的字写的是鬼画符，居然还敢作画！看来遭人忌恨确实是自己的错，但自此以后，我就从未再画过什么了。那所谓的画也不过是信手涂鸦，根本不值一提。为什么能被选用，大概是因为那时候所有的同学都在潜心向学，只有我一个人有那份闲心做那种在当时看来很有些不务正业的事情吧！

很多同学还记得我穿红色的高跟鞋和藏蓝色的列宁服，“娇骄二气”是老师在我的成绩单上常写的评语。那时候，在很多人眼里，我是另类。我的名字让很多学弟学妹们都知晓，原因大抵是班主任作为反面教材在他们面前讲过。曾有个学弟慕名来看我，跟我演绎了很多我自己都不知道的关于我的故事。我这才知道，我的高中生活的不圆满比我想象的要糟糕许多。

大概是儿时关于“黑伢”的记忆太沉重,高中时代关于“商品粮”的记忆太无奈，我一辈子都似乎没走出这个阴影。北漂时无论多么风光和顺利也不想漂，因为户口和工作关系进不了京。因为户口和工作关系可以进黄州，所以就毫不犹豫地调动了。更可笑的是，当年来武汉时，当面试我的领导问我有什么要求时,我只提户口和工作关系的问题,其他的一概不提。呵呵，我害怕我又会成为“黑伢”。也正因为这样，我如今在用人时，对那些户口不在本市的员工会多给些照顾,我不想让他们有“黑伢”的感觉，而且想方设法地把他们的户口迁进来，想尽可能多地给他们一些归属感。

人生哪来的圆满呢？佛说四圣谛——苦、集、灭、道。苦谛，人生八苦，生、老、病、死、求不得、怨憎会、爱别离、五蕴聚。集谛，贪、嗔、痴。灭谛，戒、定、慧。道谛，八正道，正见、正语、正念、正命、正思维、正业、正精进、正禅定。也许我们能恪守八正道才能达到人生的圆满啊。

实际上，“境由心造，心随境转”，多少年来，只要我一想到高中生活，都觉得温馨无比，尽管那个时候的少年轻狂让很多人忌恨，但我却从未记恨过别人。

或许有人会说，圆满是肤浅的，残缺才是真正的美。缺憾能给予心灵强大的撞击与刺激，正是因为缺憾和无奈，才有维纳斯永恒的美丽，才有文学家笔下不朽的文字和人物。但我同时认为，圆满好比幸福一样，只有遭遇了幸福，才能更深地体会伤痛的含义。悲与欢的交织组成了我们完整的一生，我们忍着伤痛，就是在期待幸福；我们镌刻着一个又一个的残缺，目的就是为了追求生命意义的圆满。

圆满，离我们很近，也很远。开怀一笑，幸福就出现在身边；蓦然回首，圆满就在那一刻留在心底。圆满是一种缘分，是一份不经意；可能是一次驻足，也可能是永久的守候；可能是一粒尘埃，也许是整个宇宙。我衷心地祝愿我所有的同学、老师、朋友、亲人都能拥有幸福圆满的人生！

揽雪入怀

癸巳年的冬天，太阳整天都温暖热情地高悬着，雪姑娘一直不来；甲午年初，天气预报终于提醒将有雨雪天气。从去岁到今春，我一直盼望邂逅雪姑娘，一直殷切地等待。

正月初四的清晨，我推开窗——啊，雪！雪姑娘终于来了，轻盈地在我的身边起舞蹁跹，将屋顶房檐都染成白皑皑的，好一个银装素裹、粉雕玉砌的世界！

南方的冬天不同于北方的萧瑟，各种植物都在雪色的衬托下更加生机勃勃。在楼下的庭院中，葱葱郁郁的铁树、芭蕉树、琵琶树、万年青和楠竹都披上了洁白的纱裙，更显葱茏；还有那几株迟桂花，在雪中仍然坚强地绽放，袭人的香气中透着缕缕甘甜。

在这片迷人的雪景中，我忽然嗅到了一股异香。宝爹说这种香肯定不是桂花，应该是梅花，难不成咱们院子里还有梅花？果然，我们发现了藏在庭院深处的一株梅花——她站在假山后面，被几株茂盛的冬青遮挡了，如果不是香氛浓郁引人探访，我们根本就无缘与她相见。这株寒梅正兀自怒放着，薄雪根本无法掩盖那满树的繁华。不同于那藏在枝叶间的迟桂花，梅花是高高地挂在光秃秃的枝头，在一片风雪中尽情绽放着她的风华。我想到“众芳摇落独暄妍，占尽风情向小园”，又想到“高标逸韵君知否，正是层冰积雪时”。大概是这场雪引来了梅花的盛开，傲霜斗雪方显这位佳人的本色。

在这生机勃勃的美好庭院中，我忍不住痴痴地揽雪入怀，可是那雪“嗖”地消融了。宝爹很宽厚地抓着我玩雪冻得赤红的手说：“疯够了没？回家吧！”宝爹兴致勃勃地带了单反下来，真心想拍雪景，可是眼前薄薄的一层雪景让他有些失望。他曾不只一次地说过，要在冬天带我到长白山，到亚布力滑雪，到松花江看雾凇，到哈尔滨观冰灯，却一直只是说说，空头支票开了许多许多年！

“瑞雪兆丰年”的谚语只适合冬雪，而今晨的雪已经是春雪了，所谓“一场春雪一场旱”，惹得我婆婆一大早就很郁闷地喃喃自语。这个 84 岁的老人家关于农谚和生活俚俗的说法几乎都能应验，她是我眼里的大预言家。比如说，她看见正月初一是晴天的时候就会跟我说，今年月半（元宵节）一定会是晴天，月亮会很圆，有初一就会有十五；如果是雨天，她会说，哎，今年的月半（元宵节）也要下雨哦；如果一个月的初四下雨了，她会说，哎，这半个月不会有多少晴天的，就看十六吧，十六如果晴了，下半个月可以晒被子了；初五立春的时候，婆婆唠叨说，哎呦，今天要天晴大晒就好呀，不然要返春，冷呀喂！果然，雪就真的下了，天气真的冷了。相对于宝爹一年又一年跟我开的空头支票，我们家的老预言家说话可真是金口玉言了！不过，我总愿意相信宝爹的许诺，我相信迟早他会跟我慢慢兑现的。

我再次揽雪入怀，让宝爹抢了张镜头，那雪就真的定格在我的怀里了。雪姑娘乖乖地与我一起辉映成了永久的纪念，春就在洁白的雪里发芽生长起来，涓涓不息地润泽着生命。

迟桂花

在郁达夫先生那篇著名的小说《迟桂花》中，长衫清瘦的“我”和翁，与美丽纯洁的莲，共同演绎了一个美丽动人的故事。郁达夫先生在清丽婉约的自然风光中，揉入了淡淡的忧思，添进了朦胧的美，再倾注些对美的眷恋，共同酿成一种淳朴祥和的意境。这意境消弭了人与人之间的戒备与隔膜，而令“我”愿做“绿莹莹的茶水里散点着有一粒一粒的金黄的花瓣”中的一粒。

翁家山里迟开的一簇簇桂花，曾让我心神震撼而不能释怀。最近在院子里出现了一道新的风景，也让我惊喜和感动——那是几株傲雪而开的桂花树，属于我的“迟桂花”。

今年的雪比以往早来了一个多月，下得迅速而猛烈。瞬间，白茫茫一片。大雪骤停之后，地面的积雪迅速消融了。雪后的空气凛冽而清新，我在享受这雪后的清晨时发现了阵阵幽香，寻香而去发现了这株桂树：只见披着雪花的桂树枝竟悄悄吐蕊，那藏于雪中的一簇嫩黄暗香浮动。我忍不住暗道，雪里寻梅不稀奇，雪里藏桂倒真是罕见！

为了这桂花，我每天都早起片刻去探访它。也许那花枝因为被雪浸染过而尽显葱茏，桂花更是热热闹闹地开着，那芳香愈显浓郁持久。浓郁的香气，在寒冷的冬日清晨，成了一道独特又迷人的风景，令我往往驻足，甚至沉醉，尤其是常令我想起《迟桂花》中那句“因为开得迟，所以日子也经得久”。

人生不是一样吗？少年得志不能善终者亦众，大器晚成者则大多可安然终老；女子尤甚，花开早的女人往往人生坎坷凋零，而混沌懵懂、木讷迟钝者大多可获得幸福。

让我们都做迟桂花吧——在冰天雪地里，浓郁芬芳地绽放，开出自己的精神和风采！

约会春分

春分的前一天，武汉风沙特大，没敢带婆婆出门；春分的当天，虽也有风沙，却是和风细沙，暖阳温柔地照着，很是惬意。于是，我早早地带着婆婆出门了。

80 多岁的婆婆高兴得像个孩子，一路上牵着我的手，兴高采烈。看到万国风情园里形状各异的房子，她问："那些都是庙吗？"我说："不是，那些都是仿照世界各地建筑建的，所有的房屋都锁着，只有一个门是开的。"她好奇地去看看，看后失望地说："哈是些嘎东嘛西的东西，乱七八糟的呐喂。"看到一切开花的树木，她都坚持说，那些都是果树，秋天到了就可以看得到果子。我和宝宝一一给她介绍解释，只要她坚持我们就善意地附和，只要她高兴，随便怎样都可以。在碧潭观鱼的时候，婆婆高兴得有些忘我了，兴奋地喂食着各色锦鲤，宝宝怕奶奶掉下去，抱着奶奶的腰一刻也不敢松开。

到了屈原纪念馆，婆婆说："这肯定是庙。"我说："不是的，这是屈原纪念馆。"因为她高度耳背，在馆里我们什么都没跟她解说，但她看到了那么多戴眼镜的学生在认真地参观，她就有些肃然起敬了。她认为这个人尽管不是菩萨，但一定是个了不起的人，至少是个有大学问的人。婆婆尽管大字不识一个，对读书人却有着朴素的尊敬。她娘家的祖上也出过秀才举人，我们吴家的祖上也是耕读传家，在老家也曾算得上望族。比如，我偶尔在书房看书，她怕吵着我，连走路都蹑手蹑脚地。实际上她那么瘦小，根本就没多少响动。但她还是很紧张，而且她对我的宠爱有加也跟我爱读书有关，她经常教育孩子们要像我那样热爱读书学习。婆婆是我们家里的老哲学家，她有一句名言教育子孙，“吃不得是有饿得，困不得是有累得”，所以我们家里没有娇气孩子。

与我 80 多岁的婆婆一起约会春分，有一种格外的美丽，她如雏菊般的笑靥，是春日最美丽的景致；她不老的童心是春日最清纯的风采，她爽朗的笑声是春日最动听的乐声。

我在心里默默地祈祷着，妈妈，您是我们全家的宝贝！

正月里来

“东风夜放花千树，更吹落，星如雨。宝马雕车香满路，凤箫声动，玉壶光转，一夜鱼龙舞。蛾儿雪柳黄金缕，笑语盈盈暗香去。众里寻他千百度，蓦然回首，那人却在，灯火阑珊处。”

辛弃疾描述了一幅春满人间闹元宵的美丽画卷，而今天就是虎年的元宵节，我和先生带着女儿逛长春观庙会时就想起了远古的上元佳节，想起了辛弃疾的词恰如此时此景的写照。按传统习俗，过完元宵节才算真正过完年。相传正月十五是上元天官的生日，备受民间重视，在这天人们都会祈求天官降福开运纳吉。

记得小时候过年，尽管日子清苦却有更多的讲究，总是有许多的禁忌，尤其是不能瞎说乱动，比如吃年饭的时候，不能出声。那个岁月吃肉是稀罕事，看见肉了，不能说好大一块肉啊之类的话，更不能打碎东西，团年饭只有至亲的人才在一起吃。我记得每年都会到外婆家团年，似乎是起五更去的，走之前奶奶总是千叮咛万嘱咐地怕我们说错话做错事。奶奶总认为曾是旺族的外婆家规矩很大，怕我们出“洋相”。外婆家团年饭吃完了，天才大亮呢。只有等过了元宵节，才可以百无禁忌。

正月为农历一年之首，是很重要的月份。正月的“正”最早念四声（音郑），就是把事情改正、把颠倒的正过来的意思。汉朝前，以哪一个月当一年领头月并不固定，有时要随着朝代的更换而变化。直到汉武帝时，才确定了月份排列法。我想，先前各王朝确定某月为正月的意思就是：既然咱爷们做了皇帝，坐了正位，一年十二个月的次序，也得跟着咱正过来。又因秦始皇姓嬴名政，字音犯了忌讳，就把正月读作正（音征）了。虎年的正月是在立春之后才到的。立春那天吃萝卜，曰咬春，就是要紧紧咬住这个暖风荡漾、充满希望的春日吧。

在古代社会，立春这一天，天子要率领百官到东郊迎接春天的到来。立春后，万物复苏，一年的农活也要开始了。因此，正月里皇上还要选个好日子，又沐浴又吃素又烧香，然后带着大臣到田里搞一次“耕地秀”。虽然是做样子，但榜样的力量是无穷的，何况还是皇上。等到天暖了真的要春耕了，就没皇上的事了，而是农夫们春种秋收。在那漫长的农业社会里，老百姓总的说来日子苦，但有些年份还是能过一把“莫笑农家腊酒浑，丰年留客足鸡豚”的小日子。只是后来时代更替，不能停留在这种小日子上了。

长春观里挂满了象征着阖家团圆、事业兴旺、红红火火的灯笼，人们期盼着幸福、光明、圆满与富贵。甲骨文中的“东”字就是对灯笼形象的描绘。汉明帝建武中元二年（公元 57 年）称帝之后，敕令全国每年正月十五燃灯，从而形成后世过节张灯的习俗。过年挂灯笼这一传统，渗透着中华民族特有的、丰富的文化底蕴。

正月一来。春夏秋冬、风霜雪雨，朝堂上下、江河烟火，呼啦啦十二个月就走了过去，又到了正月，总该有一番归纳、一番感悟，接下来对新的一年也会有些新设想。正月到了，努力改正去岁做的不合适的行为，弥补不到位的地方，改正缺点，发扬优长。人临正月，岁长一年，百尺竿头，更进一步！

佳节又重阳

重阳节起源于东汉时期。相传方士费长房对他的弟子桓景说："九月九日你们家有大灾难，如果用红色的囊袋盛茱萸，挂在臂上，登高山饮菊花酒，就可以免祸。"桓景到那天就率领全家老小到山上避难去了，等到晚上回来的时候，发现家里的鸡犬全都死了。从此，人们每到九月九日就去登高避邪，于是沿袭成俗，遂成佳节。中国古人以九为阳数，九月初九，两阳相重，故叫"重阳"。重阳节，又有"老人节"之称。

九月重阳，天高云淡，金风送爽，正是登高远眺的好季节。因此，登高便成了重阳节的重要习俗，也有老人登高即能高寿一说。

还有插茱萸、饮菊花酒、吃重阳糕等风俗。茱萸，也叫越椒，是一种重要植物，气味辛烈，可以防止恶浊。古人还认为折以插头，可以防止恶浊邪气的侵袭；燃熏后可以避虫咬，在这"百足之虫，死而未僵"之时，熏佩以避之，犹似端午节熏雄黄一样，是很符合传统卫生习惯的。重阳花糕是用粳米制成的一种节令美食，用来孝敬老人，香甜可口，人人爱吃。

还有赏菊。菊花，又叫黄花，属菊科，品种繁多。菊花是我国一种历史悠久的名花，既有观赏养眼之功，又有食疗价值，因而古人在食其根、茎、叶、花的同时，还用来酿酒。晋代菊花酒制法是："采菊花茎叶，杂秫米酿酒，到次年九月始熟，用之。"据传赏菊及饮菊花酒，起源于晋朝大诗人陶渊明。陶渊明以隐居出名，以诗出名，以酒出名，也以爱菊出名；后人效之，遂有重阳赏菊之俗。《艺文类聚》引《续晋阳秋》说："世人每至（九月）九日，登山饮菊花酒。"据说古时菊花酒，是头年重阳节时专为第二年重阳节酿的。九月九日这天，采下初开的菊花和一点青翠的枝叶，掺和在准备酿酒的粮食中，然后一齐用来酿酒，放至第二年九月九日饮用。明代，菊花酒是用"甘菊花煎汁，同曲、米酿酒。或加地黄、当归诸药方佳"。医圣李时珍说菊花酒具有"治头风，明耳目，去痿痹，消百病"的疗效。喝了这种酒，可以延年益寿。从医学角度看，菊花酒可以明目、治头昏、降血压，有减肥、轻身、补肝气、安肠胃、利血之功。

重阳节现在演变成了重要的敬老节了，今天所有的电视新闻都只有一个主题——敬老和老年问题。老人们在这一天或赏菊以陶冶情操，或登高以锻炼体魄，给桑榆晚景增添了无限乐趣。在这个日子里，我特别思念家里的三位长辈，老父老母和婆母。国庆回家，知道大哥大嫂要到上海去带峰的孩子，顺便去那里找点事情做，婆婆以后就只有住到我们这里来。大哥征询我们的意见，我说，我没意见，应该的啊，就怕婆婆住不惯，长期离开故土，老人家肯定不乐意。实际上，婆婆每次来都住不长就要吵着回去，她喜欢村子里的空气，还喜欢侍弄菜地和那几只鸡，更喜欢村子里的家长里短。这些都是我们无法给她提供的。但峰在国外，侄媳和侄女都要上班，大哥大嫂也想早点离开农村，一家人好团聚，也趁自己不太老还能动好重谋发展。我的老父老母也有长期跟着我的打算，我真担心如果三位老人在一起住能否搞好关系。我们家似乎也面临着老年问题，呵呵。我不知道，我老了会带给宝宝什么样的困惑。如果能把三位老人接来一起赡养，又能让他们快乐开心、长寿健康，那该多好啊！每年都可以带他们赏菊饮酒该是件多么惬意的事情啊！“江涵秋影雁初飞，与客携壶上翠微。尘世难逢开口笑，菊花须插满头归”。

独自坐在书房，窗外那轮弯月正高挂中天。我想，我的兄姊和子侄们，还有今夜不能回家的先生，是否也能和我一样感受这轮弯月的清辉呢？他们的心情好吗，他们今天是否去登高赏菊了呢？

“独在异乡为异客，每逢佳节倍思亲。遥知兄弟登高处，遍插茱萸少一人。”

“薄雾浓云愁永昼，瑞脑消金兽。佳节又重阳，玉枕纱厨，半夜凉初透。东篱把酒黄昏后，有暗香盈袖。莫道不销魂，帘卷西风，人比黄花瘦。”

默诵着王维的《九月九日忆山东兄弟》和李清照的《醉花阴》，托明月捎去我对亲人们的思念和祝福。

最浪漫的事

每天早晨，父亲母亲总是六点半钟就起床了，如果天气晴朗，他们就会结伴到院子里散步，不坐电梯，坚持步行下楼。我照例在书房打坐，从书房的窗户看到母亲和邻居老太太在甩腿器上慢慢悠悠地甩着腿，父亲一个人步履蹒跚地漫步。

我知道，父亲每天是因为要陪母亲才坚持步行楼梯的，有时候母亲为了照顾他也坐电梯。我先生就夸我说，当时买房的时候就考虑了老人家出行问题，所以买了个比较合适的楼层，考虑得周到。我就得意地傻笑。

8 点钟的时候,父亲母亲有说有笑地回家了,脸上红彤彤的。我的老父老母在身体还算正常的情况下，每天就这样开始他们一天幸福而又浪漫的生活。我觉得和他们在一起生活，走进他们历经沧桑的岁月历程，是件最浪漫的事。

父亲看母亲的眼神在不经意间总会流露出一往情深，母亲看父亲的眼神总会在不经意间露出无限慈爱。这对已经生活了 60 年的夫妻，除了历久弥坚的爱情以外，现在所表现出来的是血浓于水的亲情。他们有时像对兄妹，有时又像是彼此的孩子；而在我的眼里，他俩都是需要我保护的孩子。记得有位朋友曾说过，要像爱孩子一样地爱护她母亲。我面对自己的老父老母的时候，真正有了这种体会。我想我看父母的眼神一定是充满了慈爱的，我的老父亲只要在我这里住一段时间就会长胖，双颐就会丰满很多，母亲也会显得更年轻精神。

母亲是个非常可爱的老太太。有的时候我们一起去菜市场，母亲的耳朵很背，却喜欢和别人讲价。我问摊主，莴苣多少钱1斤，摊主说1.8元。母亲用麻城话很大声地说："8角呗！""1块8。""哈而大大的，好贵呀！"我和父亲就笑，摊主也笑。我们小区的菜场和旁边的菜场里的那些摊主很喜欢和母亲说话，对她非常热情，而且也愿意给她让价。母亲每天都会买到比我便宜一半的蔬菜，而且比我买的还新鲜还好。我经常夸她会买，父亲总是批评她，说人家菜贩多不容易啊，要让人家赚点钱什么的。他俩就会很认真地拌嘴，我就一直傻笑，到最后我们三个人就一起大笑收场。

我在书房看书的时候，父亲也跟我一起看书，他怕打扰我，就坐在客厅看。父亲把我书架上的《菜根谭》《德行卷》《道德经》都读完了，还认真地做了笔记。父亲一辈子都爱读书。

父亲最喜欢在餐桌上讲家史，讲他们年轻时候。

父亲只读过三年私塾。我爷爷在我父亲6岁的时候就去世了，父亲9岁的时候就去跟别人帮工做学徒。父亲记得有次放学时偶遇阵雨，教书先生说现在不能回家了，大家以"咏雨"为题写首诗吧。父亲写了四句诗："猛雨重重似变天，校中诸友怎能还？休怪师尊学放错，衣衫尽湿寸无干。"获得先生的好评。

父亲16岁就参加了革命，18岁穿上了军装，土地改革时期因工作关系认识了当时在陶家铺乡当乡长的母亲。当时的母亲是很多人仰慕的风云人物，父亲写了很多情诗才在众多的追求者中获得青睐。我这才知道思想守旧的父亲母亲曾有过那么罗曼蒂克的年轻岁月！原来母亲还当过省人大代表和党代表呢！也难怪我父亲总认为我和姐姐不如我母亲呢！我们确实比不上我们的母亲，她一直都是父亲心中最美丽的一道风景。

而每当父亲回忆起文革十年的时候，气氛就很紧张。母亲就会批评父亲老记得过去的不如意，说父亲小气。母亲说："那十年受打击的人太多了，被冤枉被整死的人也不在少数啊，我们受的那些罪算得了什么呢？"父亲这时候就很委屈。我笑着问父亲："当年被我戏称为'山本'和'龟田'的人现在怎么样了啊，他们还健在吗？"父亲就会开心地笑，并告诉我，他们现在已成了好朋友，"山本"伯伯都 90 岁了，"龟田"伯伯也 80 多了。这两位老人家还记得调皮的我，经常问起我呢。

吃过晚饭，我收拾完厨房，就提议到院子里散步。如果父亲还有力气，我们就一家人出去，如果他没有力气了我们就一起看电视。散步的时候我唱歌给他们听，还分别和父亲或母亲坐跷跷板。父亲很轻很轻了，有种骨瘦如柴的感觉，轻轻一坐就把他跷得老高了，比他当年送我荡秋千可省力多了。我对他们说："我好幸福啊！你们一定要努力活哈，等宝宝成家立业了，我就带你们住到北京去，到那里去散步！"他们很兴奋地笑。

父亲母亲已经没牙齿了，而且父亲很多年来都不能吃荤腥，他消化不了，基本是吃全素食，所以我买很多零食放在家里，鼓励他们边看电视边吃零食，还鼓励他们喝普洱茶。

但他们坚持不吃贵的，也不喜欢喝普洱和铁观音。我买的零食不能超过 5 元一份，如果超过了，他们就会生气。我就常哄他们，总是把价格标签撕掉，把几十元一盒的东西说成 5 元，他们就夸我会买。不过，就算这样父亲母亲还是觉得零食贵。母亲边吃边说："哈而大大的，这么贵，吃了又冇得营养！不过还蛮好吃的，爹，你死不了啊，整天冇空嘴呢，总在卯呢！"母亲近二十年来总喊父亲叫"爹"。"是啊，奶！要活着陪你啊！"父亲大声地回答道，他近二十年来总把母亲叫"奶"，这是他们的昵称。其实父亲一直在病中，能坚持活着，要陪母亲可能真是他求生的一个很重要的动力。

我看着甜蜜的老父老母，就会想到那句歌词：世界上最浪漫的事，就是陪你一起慢慢变老。

茶友

栾先生从宜昌来，给我带来一盒五峰虎狮龙芽，说是采自千米之上的峰峦，且赶在清明之前采制，可见其珍贵了。我迫不及待地泡了两杯，果真清香扑鼻。那鲜嫩的芽叶带着浓浓的春意和情谊。

鲁迅先生曾说过“有好茶喝，会喝好茶，一种清福”，我大概也是属于有清福之人吧。朋友们知道我是个茶痞，喝酒不喊我，品茶是绝不会少了我的。大家经常从外地捎来佳茗与我分享，故而龙井、毛尖、大红袍、铁观音、庐山云雾、黄山猴魁、顾渚紫笋、莫干黄芽等我都有幸品尝过。不过，我只是爱好喝茶，对于茶道、茶艺从没研究。

“酒为热闹的社交而设，茶为恬静的朋侣而设。”如果有喜欢喝茶的朋友来了，我就会寻觅一个幽静的去处，追求那种“临水卷书帏，隔竹支茶灶，幽绿一壶寒，添入诗人料”的韵致。一杯春露，两腋清风，尽半日之闲，涤积年尘腻，什么俗氛杂念、烦闷疲劳，都一股脑地化解在清茶的色、形、香、味里。那种超然气韵，大概只有钱起诗中描绘的“竹下忘言对紫茶，全胜羽客醉流霞，尘心洗尽兴难尽，一树蝉声片影斜”相仿佛；或者是元稹的话可媲美：“茶，香叶，嫩芽。慕诗客，爱僧家。碾雕白玉，罗织红纱。铫煎黄蕊色，碗转曲尘花。夜后邀陪明月，晨前命对朝霞。洗尽古今人不倦，将至醉后岂堪夸。”

感谢我生活中那些可以一起饮茶的朋友，茶香间的友谊淡然而真挚——栾先生就是这样的一个朋友。一直以来，我们送给彼此的礼物，除了茶叶不会有别的。

栾先生喜好书画，可是却阴错阳差地从事了商业，我一直很敬重他。孔子曰：“益者三友，损者三友。友直，友谅，友多闻，益矣；友便辟，友善柔，友便佞，损矣。”栾先生是位直友。“友直”，直，指正直，为人真诚，坦荡，刚正不阿，有一种朗朗人格，没有一丝谄媚之色。他是一个在我懦弱的时候能给我勇气、在我犹豫不前的时候能给我果决的人。

品茶的时候，栾先生讲述了苏东坡先生的一件佚事：一个冬夜，东坡先生梦见了一位娟秀的女郎，一边唱歌，一边把用雪水烹的小团茶献给他喝，醒后还觉得音容宛在，唇齿留香。于是就写了首回文诗，专述此事：“酡颜玉碗捧纤纤，乱点余花唾碧衫。歌咽水云凝静院，梦惊松雪落空岩。”

我们没有东坡先生的诗情和雅致，但我们非常珍惜这份情谊。只要有机会出访对方所在的城市，无论多忙，我们都会抽出一点点时间坐下来品品茶，聊聊天。多少年来，我们的友谊就像茶一样清香淡然，是真正的君子之交。

选择朋友就是在选择一种生活方式，选择一种人生道路。与茶相伴，因茶结友，在茶香甘苦之间，品味和分享我们对生活的执着。

吾师吾友

认识老师实属偶然。20世纪90年代，老师与我在一次文学研讨会上结识。她当时已很有名气，还是一家报社的领导，被研讨会特邀来担任嘉宾讲师。

大约是我的勤奋好学给老师留下了很好的印象，又或是我们互有眼缘，总之我在那届学子中算是受她眷顾和青睐的。而老师的长相也确实有点像我母亲，她也是大眼睛圆脸，我们竟有几分相似。

研讨会之后，我有机会赴京出差，便在临行前给老师打电话。老师听到我鼻子嗡嗡貌似感冒了，就执意要到车站接我。

那辆列车迎着初冬的第一场大雪，晚点40分钟才到站。透过车窗，我看到老师穿着皮衣，裹着厚厚的红披肩，拢着手在站台上跺脚。当我飞奔到她面前时，她高兴地拥着我："总算到了，冻坏了吧！"她那一脸的关切慈爱的神情，像极了我的母亲。

那些日子，我一边处理上级交办的事务，一边在老师的报社里帮忙。每天的生活都很充实，那段勤奋工作、不停学习的日子，不仅仅是为了报答老师的知遇之恩，更让我成长了不少。

然而归期还是一天天地临近了。返家前夕，微雨细细地斜织着。老师斟酒为我饯行。酒店富丽堂皇，典雅别致，乳白色的灯光从天花板、从墙壁上幽幽地流了下来，铺满了餐厅的每一个角落。

酒至半酣，老师问我：“还能回来吗？”

我迟疑了一会儿，含含糊糊地答道：“也许吧！”那个时候，我把单位的铁饭碗还看得很重很重，根本就没做好北漂的准备。尽管我知道，老师很希望我能留下来跟她一起，做出一番事业。

“能回来当然最好，实在不行也别勉强。”老师略作沉吟，又道，“你啊，什么都好，就是太过率直天真。人心险恶，要当心啊！你要走了，有六个字送你，与你共勉：审慎，冷静，容忍！”

这六个字如醍醐灌顶，重重地撞击我的心壁。能够直言不讳地指出我的缺点的，在偌大一个京城唯有老师一人啊！那个离别的雨夜，老师那和蔼坦荡的容颜，还有这六个字，都一直深藏在我的内心。许多年以来，这份珍贵而真诚的馈赠，一直滋润着我。

离开北京十几年了，老师与我仍时常联系，仍经常为我指点迷津，听我倾诉心声。老师退休后专心向佛并且吃长斋，偶尔还会到寺庙里静修数日，也会给我寄些修佛的书籍资料。

2009 年的秋天，终于有机会接老师来武汉小住。我陪老师去品尝了长春观和宝通茶禅寺的斋菜，还一起拜访了宝通禅寺的龙醒大师。“英雄到老皆皈佛，宿将还山不论兵”，也许，我的晚年会和老师一样度过吧。

她既是我的老师，也是我的老友。无论是那个独闯京城的莽撞青年，还是现在年过不惑的中年人，我一直都被老师包容着、影响着、感动着。一直以来，我都在她身上获得了许多激励和教诲，这份真挚的感情还会继续陪着我走向岁月的深处。

春花开了又谢，日子去了又来。在我的生命里，有许多人像老师一样给了我善意、感动和爱护，如果没有他们的一路陪伴，今天的我又会是什么模样呢？不知不觉我也到了老师当年的年纪了。穿行在匆匆岁月里，希望我也能像她一样，将这份温情和爱护传递给年轻人。

第三章|风 景

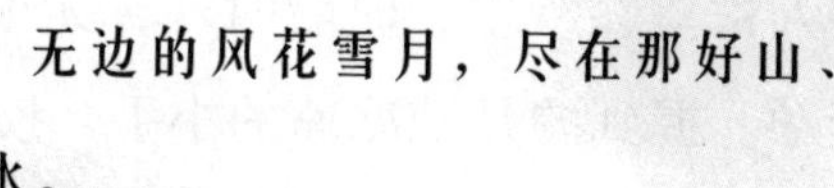

无边的风花雪月，尽在那好山、好水。

青山多妩媚

——薄刀峰

雨中的薄刀峰云环雾绕，如娇羞的新娘披着一袭网状轻纱，游人被罩在纱里，时隐时现，无论你如何走近她，都无法尽睹芳颜。握到的是她冰凉的小手，摸到的是她湿漉漉的裙裾。

越过哗哗作响的飞泉流瀑，绕过怪石林立、云雾穿梭的峭壁悬崖，拾级而上，便攀上了古色古香的鹤皋宝塔。我站在最高处的瞭望窗前远眺，却没有"极目楚天舒"的感觉，映入眼帘的是雾海云山。阵阵松涛可是那千年鹤鸣？哗哗雨声可是那"笑天蛙"仰天长笑？叮咚的山泉是玉女宫传来的仙乐？抑或是那位"犹抱琵琶半遮面"的美人在咏唱？

路遇山雨，躲雨时朋友讲起了《聊斋》里的故事。随着他的声音，我的思绪不禁越过云雾，遥想到当年那位落第秀才：他大概正是在冷雨敲窗的聊斋里以残砚断墨勾勒出一群荆钗布裙、举案齐眉的美丽狐仙，招之即来，挥之即去，理想主义的衣袖带不走一片云彩；花非花，雾非雾，夜半来，天明去，恰是那些荒郊野庙身份不明的无名女郎的行踪，她们惊鸿一瞥的身影似乎仅仅是为了给落魄之人馈赠一点温情、一点世态炎凉的慰藉。时而云来雾去，时而瓢泼大雨，是俏丽的狐仙在与游人逗乐么？那依稀可见的秀丽山姿，是手持桃花扇的白娘子？

她是穿了一件李清照绿肥红瘦的石榴裙呢，还是肩扛林黛玉葬花的小锄头？

朋友们相互搀扶沿小径下山，风雨交加中迷路了。我惶惑地想：狐仙大概不愿游人离去的寂寞而故意留下我们吧？可同行的半百老者和黄口小童如何受得起这般风侵雨袭啊！但朋友们的脸上没有一丝忧虑，反觉雨中的薄刀峰别有一番情趣。我们信步来到一片绿竹掩映的农舍，热情好客的女主人顶风冒雨把我们送到了宾馆。直到所有的朋友都安全回来，我才长长地吁了口气：善良的狐仙又轻轻地把我们送出了她的怀抱，秀丽的薄刀峰青睐每一个游客。

我突然想：那引路的大婶，那雨中送伞的少妇，那勤劳勇敢智慧的山民，不就是薄刀峰最美的风景么？如今这里已摆脱贫穷落后，人均年收入达八千余元。人在世间忙碌奔波，或为柴米油盐，或为升沉荣辱，费尽心机，人蒙尘、心蒙垢，若能常在鹤皋水库对明镜以自鉴，濯清波以洗心，定能净化灵魂像山民一样纯朴。

从滚滚红尘中跑出来，这多么值得热爱和欣赏它的人们相聚在薄刀峰，不论男女长幼，心无芥蒂，没有利害冲突。如果是布衣出身的司马相如，定能相逢放弃富贵随同私奔的卓文君；如果是写《爱眉小札》的徐志摩，定能相逢长袖善舞的陆小曼；还有那张生与月满西楼的崔莺莺，蔡锷与高山流水的小凤仙。

清风过耳却坐怀不乱，水是眼波横，山是眉峰聚，窗外雨潺潺——我看青山多妩媚，料青山看我亦如是。

梦萦澳门

澳门作为世界最大的博彩业圣地，现有11家赌场、353张赌台，从业者将近1万人。我一直对这个独具魅力的小岛非常感兴趣，终于借香港自由行的机会，抽出一天时间游览澳门。虽然短短的一天只够走马观花，匆匆来去，但是澳门独有的赌场文化和老城风情仍然给我留下了不可磨灭的印象。

从香港到澳门非常方便，坐船只要50分钟就到澳门凼仔码头。码头前有各个知名赌场的免费财富大巴接送游客,非常方便。

我们游览的第一站选择了威尼斯人酒店。

威尼斯人酒店以意大利水都威尼斯为主题，酒店建筑有威尼斯特色拱桥、小运河及石板路。建筑恢宏，富丽堂皇，充满了意大利人浪漫狂放、热衷享乐的异国风情。

一楼是博彩大厅，奢享纸醉金迷，荷官们尽是俊男靓女，服务热情周到；二楼有琳琅满目的免税店，逛累了，可以去美食天地畅饮饱餐一顿。二楼到三楼的转角处，还有外国艺人表演魔术,近距离观看空手变绣球、丝绸变花伞,也别有一番趣味。大名鼎鼎的威尼斯运河在第三层，贯穿了这个世界上最大的室内穹顶。乘坐贡多拉船游荡于河水之上时，头顶永远明媚的蓝天白云让人感觉不到时间的流逝，耳边船夫摇摇荡荡的意大利民歌悠扬婉转——这人工的美景，给了人真实的威尼斯印象。

威尼斯人酒店里不分白昼，因为那方穹顶永远都是碧云蓝天，而赌徒们会一直狂赌下注。在这样纸醉金迷的狂热气氛中，我也有些蠢蠢欲动，想小试一把。可是先生说："巴菲特的理念，哪怕是投入一分钱也要理性而不是碰运气，那一把你凭的是什么？"我顿时兴致全无……

威尼斯酒店的停车场有免费大巴直达新濠天地。

新濠天地的大厅极有特色，我们一进门就被水幕上摇曳生姿的美人鱼吸引住了。这些美丽性感的3D影像美人鱼似乎在不断地诱惑着游客们去投身海洋的怀抱。我们受了美人鱼的"勾引"打算去看"水舞间"表演，奈何演出要晚上才开始，时间不凑巧，只好放弃，便选择去看同样大名鼎鼎的"龙腾"表演。"龙腾"表演在澳门新濠天地特有的三维立体影视放送馆，演绎了龙珠和神龙的神秘力量。威武瑰丽的中国龙真实而震撼，我们仿佛来到了深海的龙宫，和四大龙王近距离接触，体验了一场奇幻的感官历程。

来了澳门不能不去葡京酒店。作为赌王的产业，无论是如同鸟笼的老葡京还是更加恢宏的新葡京，都成了澳门的标志性建筑。葡京酒店，不仅仅是一间赌场，更是一扇解读澳门的窗口。

一进葡京博彩厅就有一种莫名的森严而紧张的感觉，一道如同机场的安全门横挡在面前。要进入赌场必须经过此门，并且接受安检。这里的安检甚至比机场还要严格，不允许带照相机、摄像器材进入，禁止拍照。

虽然葡京的荷官是澳门最漂亮、最帅的，但是其他工作人员也是最凶的。这里的葡萄牙人最多，服务态度远没有威尼斯人和新濠天地的好。离开葡京时，我们想坐赌场大巴到港澳码头，而赌场的工作人员表示要车票，并且说车票要向赌桌前的工作人员要。先生认为要是不赌一把肯定是不能拿到票的，建议我们自己打的走。可是我太累了走不动，于是不管三七二十一，直接去找荷官要票。没想到很顺利就拿到了车票，我猜测能如此“暴力”不被骗到而顺利拿到车票的游客肯定不多，赌王的经营智慧可见一斑。

小小的澳门岛经营着世界上规模最大的博彩业，而在一座座金碧辉煌的赌场里，上演着一幕幕悲欢离合的人生戏剧。在这里，赌客疯狂而沉迷，赌场则冷静理性。这里的景色优美惬意，上演的故事却残酷。然而正是这种强烈的冲突感，让赌博之城充满了神秘的魅力。对于我来说，赌场半日游像是一个离奇的梦境，令人兴奋又隐隐有些紧张。因为这个梦境不仅仅拥有着瑰丽华美的外表，还无处不渗透着冷冰冰的金钱规则。

除了赌场之外，澳门不能不逛的去处，就是被纳入世界历史文化遗产名录的老城区。那些风情万种的老房子，仿佛会说话、能呼吸，带领我们走进一场穿越时空的梦境。

品尝美食不能错过官也街，这里贴满了各色的老广告，像极了民国时代的大上海，有股独特的热闹和喧嚣。在这里不但能买到钜记饼家的手信，还能吃到非常正宗的葡萄牙鸡和马介休。

离开官也街，坐 11 路公交经凼澳大桥就到了妈祖庙和澳门海事博物馆。

海事博物馆造型就像一艘远洋航船，其中的展览不但反映了澳门的变迁，还系统地阐述了葡萄牙和中国在海事方面的历史。海事博物馆内也有着独特的风情，充满着大海的气息。除了各类珍贵的展品之外，馆内饲养了各种鱼类，并且在墙上悬挂、刻画了各种罗盘，更陈列了可供游人模拟驾驶的船舶模型。

海事博物馆旁边就是妈祖阁了。妈祖阁是澳门最著名的名胜古迹之一，至今已逾500年，是澳门三大禅院中最古老的一座。这座禅院枕山临海，倚崖而建，周围古木参天，风光绮丽。一年四季香火旺盛的妈祖娘娘，保佑着澳门风调雨顺、四季平安。

绕过妈祖庙一直朝山坡上行就可到港务大楼，于是我们决定顺着历史建筑群的标记慢慢步行整个老城区。

第一站是郑家大屋。澳门的郑家大屋（澳葡时期称文华大屋），为中国近代思想家郑观应的故居，与卢家大屋同属岭南风格民宅。郑家大屋位于澳门龙头左巷，面对阿婆井前地。1894年，郑观应在此完成《盛世危言》，提出“富强救国”的思想。

郑家大屋是不要门票的，只要在漂亮的值守小姐递来的签字簿上留下名字和籍贯就可以进院参观了。大宅由两座四合院式建筑组成，并与大内院相连。这里的建筑材料以青砖为主，墙基则由花岗石筑砌。高墙四筑，院内房宇错落有致，庭院曲径通幽。

郑家大屋近年来才部分重修，而仅仅透过这修缮的局部，便依稀可见它昔日的宏伟与堂皇：宅门入口墙身檐壁上有中式绘画，为典型传统中式风格；门廊内墙身上设有神龛，天花板则是葡式石膏图案装饰。中西风格和谐交融，就是郑家大屋的整体风貌。

出了郑家大屋，我们沿山坡继续前行，走了很久也不见圣约瑟修院大楼及教堂。当地人听不懂普通话，我们只好用英语问路。奈何路人也找不到教堂，不一会儿就聚拢了好几个当地人热情地指路带路。我感觉相对于香港人的冷漠和忙碌，澳门人有点像乡亲一样亲切和淳朴，不由得十分感动。

在好几个好心人的帮助下，我们终于在黄昏时分找到圣若瑟修院大楼及教堂，并且顺着这条沿山小道一路游览了岗顶剧院、圣若瑟修院、圣老楞佐堂、圣若瑟修院小堂、澳门特别行政区政府总部、主教府、西望洋圣堂、圣珊泽宫、中葡友谊纪念碑和圣地亚哥酒店。顺着这条路从岗顶下山，就可以到老城区的中心——新马路。

新马路上极尽繁华，这里有民政总署大楼、仁慈堂大楼、圣母玫瑰堂、大西洋银行、议事厅前地、大三巴牌坊，集合了各种古朴浪漫、气势恢宏的葡式建筑。

在议事厅前地的广场上，黑白碎石铺成的图案充满了海洋气息——各色的帆船、游鱼和海浪。在古色古香的街灯的笼罩下，旁边的民政总署大楼和仁慈堂都被渲染成温柔而圣洁的象牙白。站在议事厅前举目四望，近处是高大巍峨的欧洲教堂，远处是黄色、粉色的葡式小楼，脚下是黑白石子铺成的层层海浪，这些如童话般的景色加上影影绰绰的走道与廊柱，让人恍若置身于地中海沿岸的浪漫小城。

和上午游览的赌城相比，澳门古城完全是另外一个世界。这里的居民或许也会去赌场工作，但是脱离了那个光怪陆离的场合之后，变成了亲切朴实的邻里乡亲。他们生活的这座古城依山而建，浪漫静谧，在夕阳之照中透露着脉脉温情。赌城是一场梦，古城也是一场梦。古城的梦放松、亲切、自然，在这个梦里可以什么也不想，只放纵自己沉醉在浪漫的夜色里、游荡在美好的街道里。我在澳门忽然有了一种回家的感觉，久久不愿离去。

可惜时间紧张，短短的一天远远不够我充分领略澳门的风情。灿烂的烟花大会、血脉贲张的格兰披治赛车、历经沧桑的大炮台，还有各色各样的澳门美食，我都还没来得及欣赏品味呢！我越是喜爱这中西文化碰撞又融合的澳门，就越是难以抑制心中的遗憾。不过遗憾和缺失本来就是一种美，我有时还会梦萦澳门的街巷，等待下一次细赏的机会。

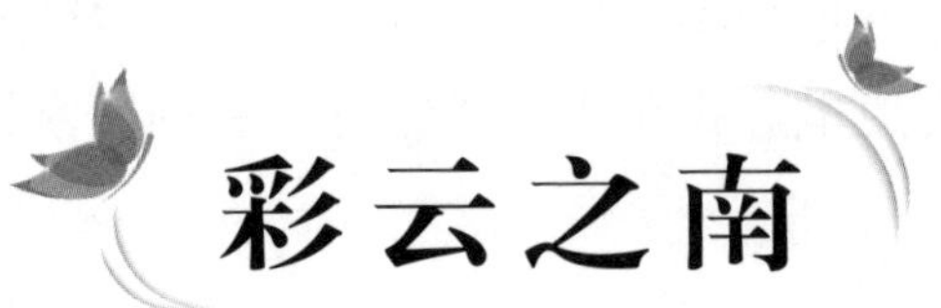

彩云之南

——印象云南

西汉时，武帝刘彻看见西南天边有七彩之云，就派使臣追寻。使臣翻山越岭一直追到了西南夷，终于发现七彩之云的踪迹。彩云停驻的地方山清水秀、万物祥和，这片彩云之南的吉祥之地就此得名“云南”。

2011 年 7 月，我有幸追寻这片彩云，来到昆明。

听了导游的介绍，才知道这省会的名字也别有一番深意。“昆明”就字形言，昆为日比二字并合而成，即日日相比之意，将日比一日进步；明为日月二字并合而成，即日月合璧之意，指其前途之发达将如日月之升，日月相推而明生可以烛照一切。其中涵义在于：虽然云南僻处边陲，但自认可比同其他省，或其光明更著，可以照耀各省。

离开昆明前往大理的路上，沿途的七彩祥云似乎触手可及：蓝天清澈，云海翻飞，五彩缤纷，变化万端，似梦似幻；蓝天白云不再遥远，仿佛就在树梢，就在屋顶，就在山巅之上。更奇特的是自清晨到正午，湛蓝的天幕中高悬半轮明月和似火骄阳，呈日月同辉之象。

我从小就爱仰望天空发呆，想象蓝天白云之后的奥秘。而此时此地的我，仰望蓝天之时，仿佛又回到了懵懂年少的时代，沉浸到了各种奇思幻想之中：白云在遥不可及的蓝天上翻来飞去，似奔马、似棉朵、似群象、似河流江海。此处的天与云，比那珍贵的童年记忆还要更加澄澈动人，更加神秘瑰丽，令我不知不觉沉迷了，不禁对这片神秘的土地有了更多的期待。

风花雪月

风花雪月，有些暧昧，有些风情，原指诗中描绘的自然美景，后指内容空洞、辞藻华丽的诗文，也指爱情之事与花天酒地的荒淫生活。而用在此处，我特指大理独有的人文和气候。

云南的民居极有特色，现代建筑中糅进了许多古朴元素。大理的民居墙壁都刷得雪白，据说是大理白族的习俗。在一样的雪白墙壁上，各家各户画着不同的图腾和装饰。这些民居虽然没有华丽的雕梁画栋，但是用青色、黑色的颜料在檐下画出各式素雅的花纹也格外精致：或小幅的山水，或梅兰竹菊，或唐诗一首，或干脆就写“风花雪月”四个字。

“风花雪月”有很多动人的传说。其中“望夫云”的传说是这样的：罗荃法师把猎人打入洱海，变成石骡，公主就化作了美丽的“望夫云”。她想用大风吹开洱海的水救出爱人，可观音瓶中的大风被罗荃法师悄悄放走，从此以后，下关一带的风就特别大了。每年春、冬是下关的风季，“风城”的能量是每年平均 30 多天大风，最大风力为 10 级。苍山主峰海拔 4000 多米，山顶常年积雪，而苍山脚下四季如春。“下关风吹上关花，苍山雪照洱海月”，要怎样的情怀才能意会这样的风花雪月啊！

“风花雪月”还是白族少女的帽子,垂下的穗子是下关的风，艳丽的花饰是上关的花，帽顶的洁白是苍山雪，弯弯的造型是洱海月。

大理一带的妇女多穿白上衣、红坎肩或是浅蓝色上衣配丝绒黑坎肩，右衽结纽处挂“三须”“五须”的银饰，腰间系有绣花飘带，上面多用黑软线绣上蝴蝶、蜜蜂等图案，下着蓝色宽裤，脚穿绣花的“白节鞋”。手上多半戴纽丝银镯、戒指。已婚妇女梳发髻，未婚少女则垂辫或盘辫于顶，有的则用红头绳缠绕着发辫下的花头巾，露出侧边飘动的雪白缨穗，点染出白族少女头饰和发型所特有的风韵。

丽江古城

离开大理，我们直奔丽江古城。

丽江古城也叫大研古镇，始建于宋末元初 (公元 13 世纪后期)。古城地处云贵高原，坐落在丽江坝中部，海拔 2400 余米，全城面积达 3.8 平方公里。

丽江的世袭土司姓木，木被围就变成了“困”字，故而古城没有围墙；也正是因为没有围墙，这里自古就是商旅重镇，是茶马古道上最重要的商业集散地。古城街道依山而建，依水而设，错落有致，体现了“曲、幽、窄、达”的风格，至今还保存完好。

古城现有居民6200多户、2.5万余人，其中纳西族占绝大多数，有30%的居民仍在从事以铜银器制作、纺织、皮毛制品、酿造业为主的传统手工业和商业活动。

丽江的好或许已被很多人描述过，而我对它的感觉就是想让自己留下来，在这里休憩一阵或邀三五好友在这里养老定居。总之，这是个走了还想来的小城。除了祥和宁静的气质之外，丽江还沉淀着深邃久远的文化传承：多个少数民族的各样风情交织激荡在这里，碰撞成一种致命的诱惑。

这是一座没有城墙的古城。光滑洁净的青石板路、完全手工建造的土木结构的房屋和无处不在的小桥流水，一起构造出一片安详与静谧。这是一座会讲故事的小城，在丽江独有的澄澈阳光下，古老的东巴文化、神秘的象形文字、和玉水寨的洌洌清泉融合一起，交织成一曲如诗如诉的纳西古乐。

玉龙雪山

玉龙雪山离丽江古城约一个小时左右的车程，位于丽江市

区北面 15 公里，主峰海拔 5596 米。

在这里每一天每一天
我们都在享受大自然的洗礼
阳光的洗礼
雪与山的洗礼
水与草的洗礼
被黝黑的皮肤洗礼
被高亢的吼声洗礼
被直灼的目光洗礼
被粗糙的双手洗礼
被无邪的笑容洗礼
直到现在
站在这里的
我们清澈
通体透明
目光纯净
直到现在
我们发现
活着是如此真实
美好我们凭什么
不去感恩生命
在这里的你们
和我们一样

远离了钢筋水泥的喧嚣
洗净了凡庸俗事的困扰
从未有过的
快乐地大口呼吸
难道这不是大自然给予的恩泽么?
难道这不是大自然给予的厚待么?
请把你的双手交叉
放在额头让你的目光深远
向着天的方向
双手合十展开你的双臂
高举过头许下你的愿望吧
在这个神奇的地方
它给予我们想要的快乐
许下你最想实现的愿望
跟着我们
穿过这扇憧憬的神奇之门
将你的愿望留在这盛满五谷的香炉中

这是海拔3100米的玉龙雪山上的实景演出,《印象丽江》中的主题曲。500多名来自不同民族的农民兄弟姐妹在舞台上原生态地高歌,“叫天天答应,叫地地答应”,三朵神护佑着玉龙雪山,古老的茶马古道上驼铃声经久不息。那孔武有力的舞姿和高亢铿锵的声音令我感动不已、热泪盈眶!

玉龙雪山也是“三朵”神的化身,是纳西族的本主神灵和最高保护神，传说是骑白马、穿白甲、戴白盔、执白矛的战神，常常显圣，保护着纳西人的安全：打仗时，他带领兵马助战；火灾时，他从云雾里降雪灭火；瘟疫流行，他乘风驱散瘴气；发生水患，他在夜间带着白衣人来疏导。于是把他尊为保护神“阿普三朵”。唐代建祠祭祀，深受纳西人信奉。

雪山是不能被征服和攀爬的，我们只能到云杉坪的观景草甸，各种奇花异草的大甸子，美不胜收。我们早上来的时候，细雨蒙蒙，这里有“遇雨成冬”的说法，很多人都租了防寒服，可是到了正午却又骄阳似火了。导游说“贵人到，雪山笑”，但是我们没见到雪山真面貌，只见绵延不绝的山脉而未见山顶白雪。

雪山脚下的蓝月谷幽深奇异，水清潭深，白水台湍激，镜湖潭神奇，如同仙境一般。

下山的时候，我给同事们买了几个茶马古道上的驼铃和纳西族美女平安扣，祈愿“三朵神”护佑我和我的团队亦如茶马古道上的勇士所向披靡，“叫天天答应，叫地地答应”！

云南之行只有匆匆几天的时间，但是它明媚的阳光、触手可及的白云和纯净真诚的民族风情，深深印刻在了我的心里。只希望能有机会再回到那彩云之南的地方，多停留些日子，好好赏味这吉祥如意、梦幻瑰丽的土地。

再上武当山

时逢教师节，参加行业内的一个会议，有幸再上武当山。

第一次上武当山是20年前了，记得那次是在丹江口参加一个笔会，一行人中有事业有成的、也有著书立说的，也不乏像我这样的文学青年。不像这次上山的都是行业内的精英，而我也韶华早逝青春不再，话题自然没有了诗词歌赋和锦绣文章。

一干人吃了早餐就驱车离开武当小镇了，蜿蜒的山路似乎少了20年前的狭窄和险峻，宽阔而平坦。放眼望去峰峦叠嶂，群峰耸峙，山势像少女的眉黛一样清秀，两山之间的武当剑河明眸如月。

武当山，又名太和山，是我国著名的道教圣地，内家拳发祥地。它位于湖北省十堰丹江口市境内，山势雄伟，面临丹江口水库，背依神农架林区，连绵400多公里。我们第一站是元代修建的紫霄宫。紫霄宫是武当山最重要的建筑文物，远远望去，琉璃红墙，整个院落半掩在山腰的绿树丛中。跨进大门，迎面一座宫阙居高临下，飞檐翘角，金碧辉煌，脚下三级拜台，玉石雕栏，好一副帝王气派！导游小姐介绍：紫霄宫就是仿照北京皇城而建的。当年武当山叫做大岳太和山，这山腰的紫霄宫和山顶的太和殿即是仿北京紫禁城的太和殿而同期修建的。据说用的是同一套图纸，只是限于地势，尺寸规模略为缩小了一点而已。有权力决定并规划这一历史性工程的大手笔的，当然是当时的最高统治者——永乐皇帝朱棣。

年少读书时只知道有一部《永乐大典》，哪里知晓永乐皇帝与武当山的渊源呢？当年朱棣本为燕王，是靠起兵夺权，废了侄儿明惠帝朱允炆，才当上永乐皇帝的。他甚至不承认朱允炆在位四年当皇帝的历史，将建文四年改为洪武三十五年，即意味着接开国皇帝朱元璋班的是他朱棣。篡位者、篡改历史者当然都有极大的心病，为去掉心病，朱棣独尊道教，在北京修建皇城的同时，不惜花费巨资在武当山修建太和殿、紫霄宫，也就不奇怪了。

朱棣也有创意，即在大岳太和山（武当山）供奉玄武而不是李聃。玄武为北方之神，谁也没见过，其造型就颇费思量了，既不能像如来佛，又不能像观世音菩萨。几位形象设计师画出的玄武之像都未能令朱棣满意。前几位画师的被杀，终于令最后那位画师聪明起来，他报告朱棣的贴身太监，说他梦见玄武显灵，玄武的面容就跟当今皇帝的面容一样。因此他要叩见皇帝，将皇帝的形象画下来。朱棣当时正在洗澡，闻奏大喜，匆匆披着浴衣出来见那位画师。这样，画出来的玄武大帝就是披着头发赤着脚的，这是朱棣最满意的玄武的造型。因为他昭示天下：我朱棣乃是君权神授，天人合一。大殿前门楣上方挂有三块巨匾，皆是蓝底金字，正中一块题的是“云外天都”四字，遒劲有力，分外耀眼。

有趣的是后殿左边供奉有一方杉木——“飞来杉”，据说它原本是武当山中最大、最高之树。修建紫霄宫时它本应成为首选栋梁，殊不知，邻近它的一棵榆树因嫉妒它而作祟，蒙蔽了挑选栋梁的官员（或许是这位官员受了那榆树的贿赂），大杉树它因而落选，抑郁而死。紫霄宫建成后，道士们才发现这棵大杉树，怎么当初没有看见呢，难道是现在飞来的么？众人嗟叹不已。于是将大杉树刨制成材，隆重地供奉在后殿里。那棵作祟整人的榆树呢，导游小姐朝后殿另一侧的大木鱼一指：在那里天天挨敲打哇！

后山左侧有座俗称的龟碑亭，供奉的是巨大的神道碑，碑座呈龟状，叫做鼋。碑高数丈，重达20余吨。碑及碑座由整块大青石精雕而成，是用了12年时间从山东运来的。其工程之浩繁，历时之久，真令人叹为观止。沿着石梯坎，我们翻过山岭，向岭下悬崖探寻，朝南岩宫挺进。这是36岩中最美的一岩。武当山的自然景观与精美的建筑是融为一体的，在这里可以得到充分的体现。这座雄踞于悬崖上的石殿建于元朝，依山腰的岩洞而建，另一边就是悬崖了，而且宫殿里都是石头建成的，宫内有一独特的龙头香炉，伸出墙外，突出在山岩外，造型非常之少见。

中午在乌鸦岭就餐。乌鸦，是武当山的吉祥鸟。在“乌鸦岭”石碑旁一棵树上就发现三只乌鸦，嘎嘎有声，似乎在欢迎我们这批远道而来的客人。吃过午餐，就开始登金顶了。

上山的路十分漫长，开始一直是下山的路，路过榔梅祠，一直到黄龙亭才开始是上山的路，一路上不知道上上下下了多少石阶还看不到金顶的影子。过了黄龙亭就可以听见梵音了，劳累中有一丝宁静得以享受。渐渐体力不支，我基本上是走在队伍的最后了，李主任和嫂子还有几个学校的老师为了陪我，也放慢了脚步。好不容易看到了金顶，以为马上就可以到了，可是一问下山的路人，却说我们只走了三分之一呢。等到了百步梯前，我实在走不动了，跟他们说，你们先上吧，我歇会。喝了点水，我再继续攀爬。

登山石道两边的铁链上挂满了“平安锁”“连心锁”，有新的也有锈迹斑驳的，不知道寄托了多少人的心愿啊！

一组以红色木质结构为主基调的建筑直入眼帘，立时感叹这红柱、白墙、黑瓦、青山、绿水的组合，这样精巧地建筑在这高高的山上犹如天工雕塑一般，让人无不感叹先人的造诣与设计。在这天地之中它展示了一种超乎自然的建筑艺术之美，一种超乎自然的顽强的生命之美：“玄天天也，见先天于后天。北极极也，本无极而大极”；“天近元门，上极斗牛之气。云开黄道，永依日月之光”；“弃天子不为，立定脚跟归大道。视其神固有，高坐帝位主重玄”……

我一边喘着粗气一边向上攀登，后边的游人鼓励说：“不到长城非好汉。”绕了九曲十八弯的石阶，体会着步步登高的艰辛，终于爬到了山顶。站在天柱峰顶，才真正体会了“一览众山小”的壮观。山顶平台周围矮墙的铁栏杆重重叠叠，挂满了“平安锁”“连心锁”，崭新的与生锈的绞链在一起，密密麻麻，不见首尾，形成一道独特的风景。在骄阳下绕平台漫步一圈，放眼环顾，碧云蓝天，天地悠悠，不禁思接千载，神驰万里。人啊，短短几十年，汲汲于名呀利呀，太过渺小。

天柱峰又名金顶，一柱擎天，傲视群峰。天柱峰上建有金殿，铜铸鎏金，流光溢彩，金碧辉煌，正是“七十二峰朝金顶，二十四水蔚月明”！明代旅行家徐霞客盛赞此山“山清秀，风景幽奇”，认为玄岳深藏。

上山不容易，下山也累得气喘吁吁，好在紧赶慢赶，我终于准时下山回到了集合地点，圆满结束了这次武当山之行。

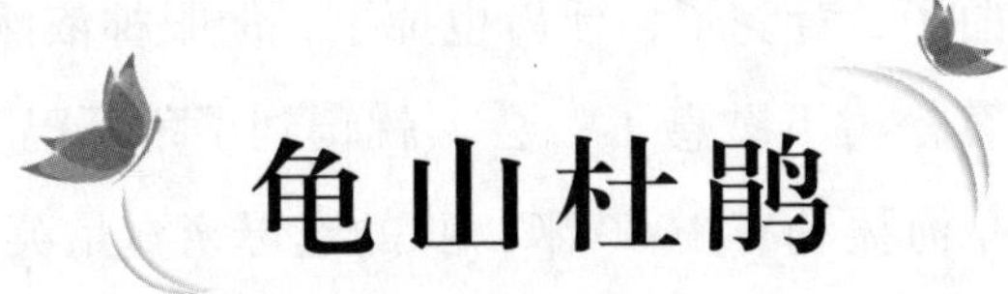

龟山杜鹃

“人间四月天，麻城看杜鹃。”“五一”带老父老母游历了亿年龟山。

早在10年前就做好带父母游历名山大川和古迹名胜的计划，可是迄今为止，只带他们到过庐山和长城。长假的时候，不是父亲生病了就是母亲不舒服，而春节是铁定要在家里过的，父母和婆婆在春节的时候天天要祭祖，平时则根本就没有时间带老人们出去。这个“五一”，难得二老身体状况不错，本来想带他们到外地，可是母亲5月3日要去拜佛，于是就只有选择看龟山的杜鹃花了。

从麻城市区驱车20多分钟，就到了龟山民俗村大块地。父亲坚决不肯上了，他实在走不动了，既不放心我先生的车技，又不愿意坐那种简陋的游览车，坚持要我们爬上山去。我们只好把车泊在那棵枝繁叶茂的千年银杏树下，父亲就在满山红餐馆歇息。他和母亲去年避暑的时候就和这家餐馆的店主很熟，这次进山，老人家还给店主带了礼物。母亲、二嫂、先生和我随着人流上山了。

我们不敢去攀爬那些陡峭山路，只沿着盘山公路蜿蜒上山。母亲可能是今天年龄最大的游客，年近八旬的老人家竟比我们还走得快。一路上都有游客夸她，她听到别人的赞美就开心地笑，皱纹舒展着像盛开的山花。母亲老了，但依然充满活力；母亲的头发白了，背驼了，牙齿也掉了，但眼神依然清澈明亮。母亲只在迎客松树下歇息了一会，就爬到了龟下巴下面的望龟亭了。望龟亭海拔约有 1000 米，我的老母亲真是英雄啊！

本来想在望龟亭和母亲合影再上山顶，可是她说人太多了，等我们从山顶下来再照相。母亲再也没有体力上山顶了，她只好站在望龟亭上遥看对面盛开的杜鹃花了。二嫂也不想再爬山，留下来陪母亲。等我和先生看完杜鹃花回到望龟亭时，母亲和二嫂已经下山。幸亏我们在民俗村和迎客松树下和老人家有过合影，不然就太遗憾。

民俗村和上龟顶的入口处都有杜鹃花形象代言人——美女曹曦文的巨幅照片，她很热情地在照片上题写了“欢迎您到麻城来”的字样。但游客中大多还是我们的老乡，外地的车和人并不多，偶尔听到的普通话也带着浓浓的乡音，多半是跟我一样的说惯了“麻普话”的“假洋跸”。

我和先生在爬龟顶时，在陡峭的石级上歇息，听到一个男士对随行的女朋友说：“算了，不上去了，上面不就是两块寡石头么，个么看头撒，是哄洋跸的。”先生拉着我的手：“来，洋跸，我带你去！”先生把我的太阳伞、太阳镜、矿泉水和挂包都背着，拉着我艰难地爬行，山到这里的确有些险峻了。“洋跸，你要是变成一只蝴蝶多好啊，站在我的肩膀上就可以游览了呢！”“我要是只蝴蝶还用得着站在你肩膀上吗？我早就飞到杜鹃王子那里去了，还理你个洋跸？”

我们相互打趣着，不知不觉地到了险八脚，拉着铁链爬上去，竟也没觉得有多险。

过了险八脚沿着万亩杜鹃花海的指示牌，一会儿就到了电视塔。塔前有一片名为“龟峰胡秃子王”的灌木丛，很多人在摘胡秃子树上的果子吃。小小的如豆粒大小的果子，酸酸甜甜的，很是解渴。我忍不住多摘了几颗，想带给父母和二嫂尝尝。穿过灌木丛到了能仁禅寺旧址，杜鹃花海就尽收眼底了。

繁花似锦如霞，美不胜收。白居易曾诗云：“花中此物是西施，芙蓉芍药皆嫫姆。”大自然的鬼斧神工真是令人叹为观止，这亿年龟山和万亩野生杜鹃是大自然对我们的恩赐。我在花海照相的时候意外碰到了高中的蔡同学，她是和先生一起来玩的，正准备下山，我们匆匆合了张影就分手了。

回到民俗村，已是下午 2 点。吃饭时，我又碰到了麻城文化馆的几位朋友，他们有些怪我回麻城不跟他们联系。我说，怕给他们添麻烦。其中有位女士说，这下你又有写的了。我只有苦笑，其实我离文学已经太远了，实在惭愧。可是父亲很愿意听这样的话，他总是以我能涂鸦几句而感到骄傲。实际上只读过几年私塾的父亲才是真正的才子，就在我们爬山的时候，父亲坐在银杏树下写了首《咏龟》：

龟身一座山，龟腿四爪弯，头昂旭日月，背满红杜鹃。
别墅山腰立，公路盘山转，云雾似花朵，鸟语似歌声。
龟峰紧接天，气候不平凡，风云常变幻，春风略似寒。
泉水响叮当，满山花常香，春风凝扑鼻，游客乐洋洋。

尽管母亲总笑话父亲写的是些顺口溜，但我还是为老父亲感到高兴，我八旬的老父亲能有这样的诗情，真不容易。

亿年的龟山，万亩的杜鹃，年近八旬的老父老母，是我心底一幅永远青春的图画！我祈求大山，祈求天地保佑我的父母健康长寿。我对老人家说，一定要争做百岁老人！

踏访杏花村

国庆长假，我和亲朋好友一起踏访了距麻城市区 60 里处的岐亭古镇杏花村遗址。

原以为有杏树和村落，到了才知道，只有杏花古刹、东坡桥和方山子亭，牌楼上有李小琳女士的题字“杏花村”。

沿寺前林中小道探寻，有一村落叫龚家大湾，询问村人，竟无一人知道杏花村旧日的繁华。

是夜，我久不能寐，找来凌礼潮先生主编的《岐亭古镇杏花村》详读，从字里行间才寻得一些来历。

岐亭古镇杏花村最早见诸文字是在唐代。“杏花村里酒旗风，烟重重，水溶溶，野渡舟横，杨柳绿阴浓。”“三里桃花店，五里杏花村，店中有美酒，村中有佳人。”昨日的岐亭，从驿站到杏花村，沿光黄古道 5 华里范围内，客栈商号云集，茶楼酒肆林立。东坡街上的青石板和两旁的古式建筑，便是当年繁华的见证。

岐亭，古道，杏花村；牧童，横笛，班马鸣。在《苏东坡全集》、《古文观止》里有一篇脍炙人口的人物传记《方山子传》，是苏东坡为友人陈季常所撰写的。

陈季常名慥，字季常，别号龙丘居士。年轻时，仰慕汉代游侠朱家、郭解的为人，嗜酒弄剑，挥金如土，乡里以游侠之士尊奉他。年岁稍长，就改变志趣，发奋读书，想以此来驰名当代而未果，到了晚年才隐居在光州、黄州一带名叫岐亭的地方。他住茅屋，吃素食，不与社会各界来往，放弃坐车骑马，毁坏书生衣帽，徒步来往于山里，没有人认识他。人们见他戴的帽子上面方方的且很高，就说："这不就是古代乐师戴的方山冠遗留下来的样子吗？"因此就称他为"方山子"。

苏东坡贬居黄州,元丰三年（1080年）正月二十四日黄昏，于岐亭古道巧遇故知陈季常。季常请东坡先生住到他家里。他的家四壁萧条，然而他的妻儿奴仆都显出怡然自乐的样子。《方山子传》中有"环堵萧然，而妻子奴婢皆有自得之意"之句。季常颇好道、佛，在"河北有田，岁得帛千匹，亦足以富乐，皆弃不取，独来穷山中"，真高士之遗风也。

此前19年，苏东坡曾见到方山子带着两名骑马随从，身藏两箭，在西山游猎。只见前方一鹊飞起，他便叫随从追赶射鹊，未能射中。方山子拉紧缰绳，独自跃马向前，一箭射中飞鹊。他就在马上与苏东坡谈论起用兵之道及古今成败之事，自认为是一代豪杰。岁月沧桑，但那股英气勃勃的神色，依然显现在眉宇之间，不似蛰居山中之人。

苏东坡和陈季常在岐亭道上欣然相逢后在杏花村的陈季常的居所——静庵小住了五日，写了诗作《岐亭五首》其中一首曰：

昨日云阴重，东风融雪汁。
远林草木暗，近舍烟火湿。
下有隐君子，啸歌方自得。
知我犯寒来，呼酒意颇急。

抚掌动邻里，绕村捉鹅鸭。
房栊铿器声，蔬果照巾幂。
久闻蒌蒿美，初见新芽赤。
洗盏酌鹅黄，磨刀削熊白。
须臾我径醉，坐睡落巾帻。
醒时夜向阑，唧唧铜瓶泣。
黄州岂云远，但恐朋友缺。
我当安所住，君见无此客。
朝来静庵中，惟见峰峦集。

其情其境尽现诗中，杏花村演绎了东坡先生与龙丘居士的知己佳话。杏花古刹有一副对联吸引了我：“正定心身念至无念东方便同极乐，悟彻禅机一心不二杏林即是西方。”我想，以陈季常的家世和才学能隐居如此，一定是参悟了禅机，勘透了人生。

冬游哈尔滨

对哈尔滨的念想，最早来自《林海雪原》那部小说：英雄杨子荣和小常宝驾马拉雪橇过雪山跨林海的豪迈很令人向往。当我还是个懵懂少年时，就对雪乡的豪迈风情无比憧憬，到今年岁末终于借着工作出差的机会，领略了哈尔滨的冬雪之美。

初到哈尔滨，就体会到北方大雪跟南方的不同：雪花飞舞不是一朵朵地下，而是一片片地抑或一块块地扫下来。风雪中的哈尔滨也格外不同：松花江，凝成了一条粉琢玉带，温润莹洁而厚实；圣索菲亚教堂的洋葱屋顶满是积雪。哈尔滨这座有着异国情调的城市，在风雪中有些繁华褪尽后的淡定，又有些历史积淀的斑驳。

到哈尔滨，不能不去亚布力，亚布力才是林海雪原里最重要的外景地，那里已成了世界闻名的滑雪场。亚布力滑雪场距哈尔滨市 198 千米，位于长白山系余脉张广才岭西麓的大锅盔山脚下，地处黑龙江省尚志市亚布力镇西南 23 千米处。亚布力雪山山高林密，导游说亚布力是亚布洛尼的俄语音译，其意为果木园，盛产蓝莓。修建中东铁路时，俄罗斯工程师看到当地有很多青青的果子，就取名亚布洛尼，汉语音译就成了亚布力了，一直延续到现在，有 100 多年的历史。

我们到达亚布力的时候天气晴朗，没有风雪，阳光灿烂，但气温还是零下十几度，空气冷冷的，滴水成冰。草草吃过午饭，我就换了一身大胖熊一样的滑雪服开始了游乐项目。

第一个项目是坐马拉雪橇，从滑雪场出发，驶向一个叫夹皮沟的地方。这个夹皮沟，并不是《智取威虎山》里真正的夹皮沟，只不过是“夹皮沟”的取材地而已。

我们一行人坐了6辆马车，我坐上了最前排。给我们赶车的马车夫大约50多岁，身材魁梧，装束朴实，非常健谈。

肥肥大大的马儿沿着高低不平的雪地奔跑，走得歪歪扭扭的。游伴说：“完了完了，这匹马不听话！”我马上学了声马车夫的声音“吁——”，马儿就停了下来。“嘿嘿，它很乖啊，很听话哦！”我不由得小小得意，实际也许巧合而已，它并不是真的听我的话。

路过一个小溪，马车一拐弯，就驶入了积雪深厚的白桦林里。这白桦林里有一个挂着大红灯笼的饭庄和一个木质的座山雕的土匪窝；过地道的时候，会有假扮的土匪持猎枪出没，只要给点小费就能放行。

第二个项目是坐轮胎滑道。人坐在轮胎上从高高的坡上滑下来，不太刺激，但是很兴奋，所有的人都在下滑的瞬间尖叫欢呼。

第三个项目是乘坐缆车到山顶。随着缆车缓缓上升，温度越来越低，我双脚被冻得几乎失去了知觉。然而山顶的风景却足以补偿刺骨的寒冷：放眼望去，天高云淡，银装素裹，偃松、石海、树挂，峰峦起伏的雪山尽收眼底；那些滑雪勇士则越过深可没膝的雪径，雄鹰般地沿着开阔的滑道俯冲下去，欢呼声、呐喊声在蜿蜒的山谷中回荡。下山时，我们乘坐可以控制速度的旱地雪橇，沿亚布力世界第一滑道顺势而下。这条时空隧道设在三锅盔上，起点在海拔 999.8 米的山顶，由不锈钢滑道和硬塑棚顶构成。它宛如一条长龙，沿着山坡向下延伸，全长 2680 米，落差 570 米，有 48 个弯道。

第四个项目是滑雪。一到滑雪场馆就有热情的教练帮你穿冰鞋，拿滑板，只是要另外收 200 元的教练费。踏上滑雪板的时候，前掌要先踩进去，后跟再用力踩一下，听到“咯嗒”一声，就穿好了。滑雪板没那么听话，教练让我侧着身子踏上，我却无法把身子正过来。教练牵着我一划拉，就正了过来，还差点冲了下去。其实滑雪的基本动作挺简单，无非就是弓着腰重心前移随重力向下滑，膝盖往里扣可以拐弯，两脚内八字可以减速，从坡上下滑的时候，滑雪杆是用不上的，得夹在腋窝里面，等到缓坡或平地的时候才用得着。滑雪杆要一下一下有节奏地落地滑行，两腿要平衡用力。没一会，我就可以独立滑行了。

亚布力的天黑得异常早，不到下午 4 点就暮色四合了，滑雪场渐渐没人了，只有我和教练在滑行。他倒是不催我，只说，只要您不累，您愿意滑多久都行啊。偌大的滑雪场只有我一个人，我可以任意滑行，从山顶往下急冲的时候都能听到呼呼的风声，那飞翔的感觉美妙至极。我忘记了时间，突然听到山顶有人喊，好像是喊教练下班了。我也终于发现集合时间要到了，匆匆离开了滑雪场。

结束雪乡之行回到武汉已经好几天了，我昨夜却又梦到了哈尔滨：梦里有亚布力的风车山庄、老火车站，还有盛开的鲜花，我在雪山间飞翔、飞翔。

感谢这座别有情调的冰雪之城，圆了我来自少年时期的憧憬，留下一个奇幻瑰丽的梦境！

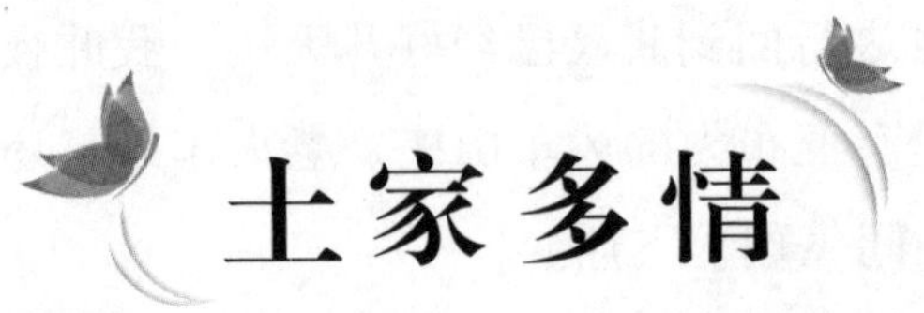

土家多情

——走进恩施

10年前到恩施，她还是一个“养在深闺人未识”的懵懂少女；而今再走近她时，却已如出水芙蓉，风情万种“魅力四射”令世人瞩目了。

腾龙洞

腾龙洞大峡谷地质公园，在利川境内，面积为 107.8 平方千米。腾龙洞距今已有 22.9 万年历史，分为水洞和旱洞。

从公园门前横跨清江的铁索桥过去（铁索桥也叫甩甩桥），拐一个弯就可以看到旱洞洞口伟岸的身影。走过甩甩桥，晃晃悠悠地就到了腾龙洞洞口了。甩甩桥下的清江游弋在两岸高峻的峡谷中，平缓而清澈。

腾龙洞旱洞的开凿者就是奔流不息、温柔妩媚的清江水。站在洞口远望这壮观的景象，不能不教人对于创造出这奇观的秀丽清江产生一种深深的敬佩，只有大自然的鬼斧神工能雕琢出这样的奇迹吧！

恩施土家人的母亲河清江自利川齐岳山涌出后，曾三次进入地下伏流，三次露头奔流。腾龙洞的位置，就是第三次伏流的地方。远古的时候，清江从腾龙洞进入伏流，现在又改道为腾龙洞旱洞边的水洞。经过跌跌撞撞的挫折后，清江从恩施市的雪照河涌出，才开始展现“百里温柔与妩媚”。

清江在利川城里逶迤而行，一离开城区的那块盆地般的平坝，马上就被四周的山围堵了，别无他途。她左冲右突，从腾龙洞所在位置一个猛子钻入地下，潜行四五十里，然后再冒出来吸一口气。这一口气一憋，等到再出来，就到了恩施市。

我们可以想象，远古时，清江水流到这里，面临四面紧逼的高山，清江以水滴石穿的精神不停地撞击这阻拦自己前行的大山，竟然在山体中撞出这样一条通道，就是眼前的旱洞；而在数万年后竟然又弃了撞开的这条道，重新闯出一条新的通道，亦即今日的水洞。两洞洞口紧挨着，一起雄辩地证明着清江开山劈岳的伟力。

曾经有直升机在旱洞里飞过，这洞中能飞直升机，其宏大不言而喻。洞口处已经平整出宽阔的平台，来呼应这浩大旱洞的恢宏气势。洞口高达七八十米，四周都是险峻的高山，洞壁是陡峭笔直的悬崖，刀砍斧削一般，因此，洞口干净利落，很纯粹。

从洞口进入，便可见整个洞厅，几乎是七八十米的高度平稳向前推进，而且洞顶平整光滑。洞也很宽，平均达到 60 多米，并行二三十辆汽车不成问题。洞内的泥地上，为了旅游方便，已经修成了人行步道和电瓶车道。

宏大的洞口下，半截断木戳在泥土上。此处的景点名称带来一种沉重的历史沧桑感：清江古河床。我们就是在数十万年前清江水潜行的河床上前行。洞口近处，有细细的水流从洞顶落下，从洞内向外望，因有了光线的映射，仿佛一条条银线垂着，共同缀成一小条珠帘。落点是石头，水流不远汇成一面平静的小池，名为“佛到池”，无波、清透，倒映着洞口和洞口对门高耸的山峰，虚幻交叠，引人入胜。

腾龙洞因为高大、空旷，人行其中，会产生卑怯感。进洞行约三四里后，便可见洞里借天然的一个弯角搭建了一座舞台。五六层楼高的灯光调控塔，都是土家吊脚楼风味。洞中有了这样一些建筑，就多了许多温暖和安全。这个剧场，每天都会在上、下午各演出一场极具民族特色的大戏，名叫《夷水丽川》。清江古称夷水，而腾龙洞地处利川市，这名称便饱含了文化味。这台歌舞把土家族的起源传说、发展脉络，民族文化都拣亮点进行了一次展现，加上灯光音响等设备先进，颇受观众欢迎，一般都是在游客返程的时候正好开演。

从剧场再往前走，不多远会看见洞中有一座山，也有百多米的高度，这也是腾龙洞的特色：洞中有山，山中有洞，主洞支洞，大洞小洞，形成一张网似的结构，故而容积量世界第一。这座山名叫“妖雾山”，因山经常云雾缭绕而得名。说是山，其实是洞顶垮塌积石所成。这座山，是形成清江河道改道的重要原因，正是有了它在洞中的阻拦，清江才又开始找寻新的出路，下潜到如今比“旱洞”更低的“水洞”里。翻过这座山，会听见水声淙淙，这是地下暗河的声音。腾龙洞的“旱洞”里有暗河，暗河里，还有透明生物生长。那些鱼类水生物，肉眼都可以看得清五脏六腑，不过，现在不可轻易寻见。再继续前行，会出现一个岔路口，一条直行，沿着暗河，一条向坡上进入另外一个支洞。

沿坡爬上，会见支洞中又有一个剧场，这是一个激光秀剧场。在这幽深黑暗的洞府里，激光秀更加绚丽动人，加上凄美的爱情故事，美丽的演员和水幕效果，那些不断变化、五光十色、光影交错的影像让人产生似梦幻的感觉。激光秀演绎了一段千古爱情，龙王爱上了百花仙子，历经劫难变化为人，选择在利川居住，从此在这里繁衍生息。看完激光秀，沿着游道再前行，又是空旷、辽远的洞府。这时石钟乳和暗河流水便多了起来，“观音坐莲”“千丘田”一类的景致便开始出现。不过由于现在只开发进行到这里，我们无法再继续前行，沿着灯光游道及景点牌的指示，会直接行到那个三岔路口，从而开始踏上返程。

返程途中正好观看那一场歌舞大戏。从巴人始祖禀君开疆拓土到唱响《龙船调》，从古朴的“毛古斯”到摆手舞，从梯玛“上刀山”到哭嫁，土家人和清江一样悠长的岁月与情感历程被观众一一装进心中，进而开始新的传播。我已学会了《六口茶》——很有意思的一首男女对唱情歌，通俗而极富情趣。旱洞冬暖夏凉，炎炎夏日，游览洞内均须着厚厚的衣物，而冬天，则温暖如春。

出了旱洞洞口，沿左侧游道前行，便是去水洞的路。水洞，是现在的清江伏流之所，或许数万年后，又会如今天的旱洞一样改道，可以让游人进入一睹芳容。

水洞的洞口就是“清江版”的“壶口瀑布”,名叫“卧龙吞江”。清江的河床在洞口不远处陡然下降，形成二三十米的落差。而河谷紧缩，并且不远处就是水洞黑黢黢的洞口，就像一条卧龙张大嘴巴，一口吸进这奔腾的江水，美妙绝伦，震撼不已。清澈的清江平缓地行到这里，突然由恬静的女儿变成彪悍的勇士，发出惊天的怒吼，摔打出飞花碎玉的一峡雪浪。咆哮的河水经过瀑布后，汇成一束激流，在两岸的岩壁上左冲右突，然后冲入地下被称为“龙宫”的洞厅中。怒涛轰鸣，浪花四溅，雾气升腾，水沫横飞，游道多为在悬崖峭壁上凿出的石阶或是横在峡谷之上的狭窄的桥面。站在游道上，我似乎听到了江水在这里的呐喊呼啸，感受到气吞如虎的豪壮。

沿着岩壁凿出的小道，听着涛鸣，看着排浪，贴着山石走，走出到停车场，几步之遥，如两重天地。“卧龙吞江”的激烈天险与外面的山清水秀相得益彰，洞府之中的空旷宏大与外面的青山秀水迥然不同。

枫香坡

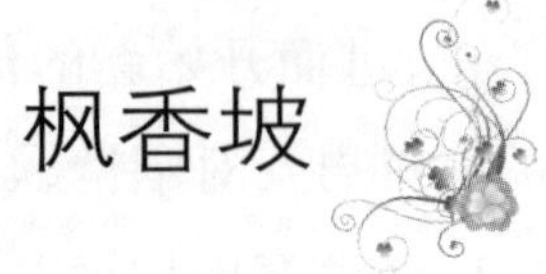

在利川吃过午饭，我来到了枫香坡所在的芭蕉乡——枫香坡、风雨桥、钟鼓楼、吊脚楼、茶园，此地有恩施玉露。

枫香坡侗族风情寨位于恩施市芭蕉侗族乡高拱桥村，地处

209 国道旁，距市中心 10 公里，景区面积 1.5 平方公里，寨内有生态茶园 300 余亩。

风雨桥又叫花桥，亦叫福桥，是侗族建筑中最具特色的民间建筑之一。因桥上建有廊和亭，既可行人，又可避风雨，故称风雨桥。其结构以桥墩、桥身为主，桥梁由巨大的石墩、木结构的桥身、长廊和亭阁组合而成；除石墩外，全部为木结构，不用一钉一铁，而用卯榫嵌合；巨木撑起倒梯形的桥梁，抬拱桥身，使其受力点均衡。桥面游廊宛如长龙，廊上建有三层或五层的四角、八角的桥亭三至五座。桥檐瓦梁的末端，塑有檐铃，呈丹凤朝阳、鲤鱼跳滩、坐狮含宝形状。正梁顶上塑有双龙抢宝，彩画点缀其上。桥壁上或雕或画雄狮、蝙蝠、凤凰、麒麟等吉祥图案，形象诙谐洒脱，古香古色，栩栩如生。桥的长廊避间为过道，两旁铺设长凳，供来往行人休息。热心公益的侗族人在夏天施茶水于桥上，供行人解渴。长廊两壁上端，用木板雕刻各种历史人物，或绘神话故事，供行人休息时欣赏。廊和楼亭的瓦檐头雕刻的人物、山水、花草、鸟兽等色泽鲜艳、栩栩如生，是侗乡人民智慧的结晶，也是中国木结构建筑的奇葩。

钟鼓楼是侗寨中最具特色的建筑物，一般的村寨建有一座到两座，较大的寨子四到五座。鼓楼是一种木结构重檐建筑，建筑手法综合了中国木结构的“井干式”“穿斗式”和“抬梁式”工艺。鼓楼底部一般呈方形，少数呈六面形，中央设有火塘，四周配有长凳，是鼓楼的实际使用部分。多数楼内不分层，贯通到顶。外廓密叠的层檐为装饰性楼层，飞阁重檐，层层而上，气势雄伟。重檐层数均呈单数，从 3 层到 15 层不等，形式有四面倒水、六面倒水、八面倒水等数种，每层都有飞檐翘角，檐板绘有反映侗族风情的彩绘。鼓楼不仅是侗族建筑艺术的结晶，更是侗族文化的载体。古代以来，凡聚众议事、制定村规民约、调解民事纠纷、筹划抵御兵匪等重大活动均在鼓楼进行；逢年过节，迎宾送客，对唱大歌，“多耶”踩堂等均在鼓楼进行；平时闲暇，人们则聚集在鼓楼休息，谈家常、讲故事，弹琵琶、唱古歌或说古论今。

奇特精巧的风雨桥，高大雄伟的鼓楼，别具风格的民居，和四周映衬着的青山绿水，组成了一幅幅秀丽的风俗画卷。

我们走进枫香坡民俗博物馆，喝茶的时候那个“娘娘”用侗族语唱的迎客小调非常优美。侗族人称呼已婚年轻女性为“娘娘”，称未婚的为“妹娃”。博物馆里陈设古朴，用实物和图片展示了侗族古老的民风民俗。

舞蹈花样繁多，舞姿有“鱼跃”“斗鸡”“盘龙”等十多种。秋后赛芦笙，参会的芦笙上千架，方圆数十上百个村寨参加，观众达上万人。“多耶”舞是侗族古老的歌舞结合的舞蹈形式，活动时，参加的人手拉着手或以手搭肩围成一圈，有节奏的踏步徐行，歌词由一人领唱众人和，是侗族地区最喜闻乐见的娱乐活动。

枫香坡有座很恢宏的戏楼，而游人不能错过的特色之一就是侗戏。侗戏是一种具有独特风格的剧种，产生于清朝道光年间。侗戏台步简单，动作纯朴，曲调唱腔多样，已有一百多年的历史。侗戏的伴奏乐器，主要有侗族民间乐器琵琶、牛腿琴以及二胡、铃、锣、钹、鼓等。

侗族有丰富多彩的民族传统节日。一年中的各种节会活动不下百种，有全民族普遍过的节日，也有一村一寨、一族一姓的节日，其中春节、活路节、尝新节、三月三、林王节、牛神节、芦笙节、花炮节、大雾梁歌节、四十八寨歌节、斗牛节等节会最为隆重。节日的内容广泛，涉及时令、生产、祭祖、信仰、姓氏、英雄、爱情、娱乐、体育等。随着民族文化的交融，侗族还有清明、端午、中秋、重阳等汉族传统节日。

我问导游，什么是芭蕉文化？导游说还不清楚，她问那个唱歌的“娘娘”，回答是：这里以前为芭蕉乡。我说知道了，芭蕉乡关于侗族的古老的民风民俗传承就是芭蕉文化，以后有人再问这个名词时，你就这样解答吧。

“娘娘”为我们每人泡了一杯茶，说是恩施玉露。此茶具有特定的形状，修长，两头微翘，叶片外卷，光滑油润，色泽苍翠润绿。其味清馨香馥，隐透一丝茶辛。因为是蒸青工艺，这种味道还是很好辨认的。此茶冲泡水温不可过高，80度至85度即可。轻抿一口，滋味醇和，自然回甘。

博物馆后面有座萨岁庙。侗族信仰多神，山神、土地神、水神、井神、树神、石神、火神、雷神，均是崇拜的对象。侗族相信万物有灵，认为人死以后，灵魂就离开躯体回到祖先住的地方，因此虔诚地崇拜祖先。南部地区崇拜众多的女性神，称之为“萨”，意为祖母。女性神中有镇守桥头的女神，有传播天花的女神，坐守山坳的女神等等。在众多的女神中，有一位至高无上的尊神“萨岁”，她神通广大，主宰人间的一切。每月的初一、十五，人们都要烧香敬茶。每年的新春是寨人祭

“萨”的日子，届时举行盛大的祭典。平时寨中男女歌队出行，戏班演出，举行芦笙赛会或进行斗牛活动等，都要事先到“萨”坛前祭祀，以祈求平安顺利。传说这位“萨”，是古代侗族的一位女英雄。

萨岁庙周围就是茶园。有位老人在采茶，看上去清秀、娴静、美丽。导游问，老人家好多岁了咧？她不语，导游又连问了几声，她说听不清。我们问，老人家今年高寿了？她还是不搭理。然后问我们，现在几点了哇？我们说四点半了。她说，四点半了啊。这下她又听清了。哈哈，原来老人是故意不告诉我们她的真实年龄的，但是我们觉得她应该有 80 多岁了。她很美！

枫香坡的美食是典型的侗族菜肴。侗族人的饮食习惯是无酸不成席，可不仅仅是酸，还很咸，也香。不过，我觉得少了点鲜味。

大峡谷

到恩施不到大峡谷，就像到北京不爬长城一样，可见大峡谷风景之奇秀，别具特色。遗憾的是天公不作美，早上一睁眼就在下雨。恩施多雨，果真不假，来了几天几乎天天有雨。导游说没关系，我们这里就是这样的，也许到了山脚就停了。

恩施大峡谷，又名沐抚大峡谷，位于恩施境内的清江流域，毗邻重庆天坑、地缝，全长约35公里，地形非常复杂，在这里几乎能找到喀斯特地貌的各种形态，包括绝壁、峰柱、天坑、地缝、溶洞、天生桥、暗河、竖井、石林、峰丛、悬谷等，构成罕见的立体性溶岩地貌。峡谷内景色壮丽雄奇、神秘幽深。峡谷中的百里绝壁、千丈瀑布、傲啸独峰、远古村寨等景点，美不胜收。自然景区则主要有大河碥风光、前山绝壁、大中小龙门峰林、板桥洞群、龙桥暗河、云龙河地缝、后山独峰、雨龙山绝壁、朝东岩绝壁；有天坑、地缝、天生桥、溶洞、层层叠叠的峰丛，还有近乎垂直于峡谷的大断崖。

我们一群人匆匆上路，到了大峡谷，雨还没住，有几个同伴决定不爬山了，就在山脚的停车场等候，但是我和另4人决定继续爬山。老吴校长刚开始兴致勃勃地跟着我们攀爬，可是慢慢就不行了，毕竟是有冠心病的老同志，渐渐落后了。我戏谑地对他说，老同志啊，你不行就下去呀，别勉强哦。可他就是不肯，我只好放慢速度等他。

到第一座山头时，有一对土家族小伙子和大姑娘站在山顶跟游人合影照相，他们穿着漂亮的民族服装，小伙子还背了一杆猎枪。我和老吴、小邹也跟他们合影了，可是下山的时候都累得不行，忘了到取相处交费拿照片，很遗憾。

过了第一个山峰的峰顶，就是绝壁长廊栈道。栈道修筑于青灰色玄武岩的小楼门绝壁，行走其上，山下景物状如微型盆景，稍有失足便致粉身碎骨的危机感如影随形。走在我们前面的一对老夫妻，颤颤巍巍地害怕极了。老先生对妻子说，别看下面啊，眼睛直视。为了不跟他们抢路，我们走得极慢。老吴说，真的很险哦，你怕吗？不怕啊，我有种得道成仙的感觉，脚下是云涛波澜、雾海连天啊。不过，你千万别往下看。

雨仍在淅淅沥沥地下着。雨中的大峡谷于雄峻中藏着妩媚，极易触摸，那美就像土家幺妹一样，灵秀而妖娆，野性十足而可捕捉。瞬间，我们有了一种隔绝于世的潇洒寂寞，恰如隐士一样的情怀。

不知翻越了多少处陡坡峭壁，多少座山峰，终于见到了奇异的“一炷香”。这是一根高达 150 米的石柱，直径却只有 4 米，堪称世界奇观。当地人都称这根石柱叫“一炷香”，相传是天神送给当地百姓的，如有困难点燃这根香，天神就会下凡救苦救难。“一炷香”所在的大峡谷的最大风力只有四五级，屹立了上万年，风吹不倒，雨打不垮。汶川大地震时，它都屹立不动，巍峨挺拔。

看完“一炷香”这恩施大峡谷的最后景致，我们开始下山。下山更比上山难，脚和腿已经不是自己的了。幸亏一路上有两个土家族导游对唱山歌，那歌词极香艳，曲调委婉悠扬，使我们暂时忘记了疲乏。

下山有段电梯，好不容易才和吴校长一起上了电梯，他老先生已经完全跛了。

尽管疲惫不堪，风雨中的大峡谷没有露出真正的峥嵘，但是她的魅力已经足够打动我。她是那么灵秀妩媚，是那么淳朴挚美，美得一寸一寸地浸入心脾，让人无不感叹天公造化。

回到宾馆，大家已经筋疲力竭了。朋友早上就叮嘱我们晚上一起聚聚，请领导和为宜昌的两位老师接风。这顿饭又一次让我们感受了浓浓的土家风情，不仅仅是菜式，更重要的是山歌，美丽的土家妹子走到我们面前，为我们敬酒并献歌——

毕兹卡的朋友比星星还多，
毕兹卡的土酒比山泉还甜，
毕兹卡的大路上开满鲜花，
毕兹卡的酒杯里斟满祝愿，
嗬嗬嗬嗬嗬也不喝也得喝，
嗬嗬嗬嗬嗬也咱们一起喝。
喝！

她们首先敬我们的领导，然后敬我，领导作证说我不饮酒，她们才作罢。她们依次敬了宜昌、枣阳的朋友，边唱边敬，好多都是即兴而作。最后，她们还为我唱了一首非常有意思的歌，大意是表达爱情，因为要有男声唱和。曲尽，我以茶代酒回敬了她们。临走前，她们又为我们唱了《六口茶》。

这里山清、水秀、人美，风雨中的大峡谷则有着朦胧的美。我这次稍有遗憾的领略，分明是她在用雨跟我做温柔缠绵的重游约定，从此我将为她魂牵梦萦。

漫游马尔代夫

——实现麦兜的愿望

麦兜是香港的一只卡通小猪，他有个愿望就是到马尔代夫旅游，那里椰影婆娑，碧海蓝天；那里海风习习，水清沙白；那里四季花开，百鸟和鸣；那里是印度洋上的世外桃源。可是麦太太没有钱，总是对小麦兜说，等我发财了就带你到马尔代夫，所以你要乖乖的哦。小麦兜就天天做个乖孩子。有一次生病发烧了，小麦兜呢喃着马尔代夫、马尔代夫……然后神奇地退烧！麦兜想，马尔代夫果然是个神奇的地方哦。后来，麦太太带小麦兜到码头游乐场玩，坐缆车、吃泡面和零食，骗小麦兜这里就是马尔代夫。小麦兜还没长高，看不到对面的尖沙咀，他以为已经到了马尔代夫……

今年夏天，我们有一周时间去度假，女儿选择了马尔代夫，说是要去实现麦兜的愿望。

马尔代夫共和国由一千两百多个珊瑚岛屿组成，其中 202 个岛屿有人居住，87 个岛屿为旅游岛（一岛一个度假村）。马尔代夫当地人皮肤黝黑、淳朴热情，所以国人通常叫他们“小黑”，我觉得这是一个非常亲切的称呼。

历经 9 个小时的飞行，我们到达马尔代夫首都的马累国际机场。一出机场就有来自预定岛屿的小黑带我们到休息室，在享受免费自助餐饮的同时，等待内陆飞机把我们送到酒店。乘坐半个小时的内陆飞机后，又有热情的小黑等在出港口迎接我们，带我们坐快艇上岛。我们在夕照中乘风破浪不到 10 分钟就上岛了。

一踏上吉哈德岛，我们就被这里的美景征服了——码头左边，是阵雨初歇后的巨大彩虹，码头右边，是瑰丽绚烂的海上黄昏。

我们入住的沙滩别墅极富异国风情。别墅由两个独立的阁楼组成，有尖尖的茅草屋顶和宽宽的回廊，有景观庭院和榻榻米，还有宽大柔软的超大床、原木家具、别致的台灯、被椰树掩映的露天浴室。

这里的酒吧从早上 10 点到凌晨 5 点都开放，早上 10 点到晚上 12 点之间有很多免费的酒水（凡是打星星花的都是免费的）还配送零食，酒吧在泳池旁边，也是观日落的好景点。晚饭后那些小黑们在酒吧门口自弹自唱，很多游人也置身其中舞蹈，我也两次被热情的小黑邀请同舞，海风习习，乐声悠扬，好不惬意。

第二天早上，我们五点就起床去看日出。此时太阳还在地平线下，天空和大海依然笼罩在夜幕之中。海风细腻如水，凉飕飕、湿漉漉的，海浪也还有股沁骨的凉意。渐渐地，天边现出隐隐光线，夜幕被慢慢撕开，海天一色被亮线平分成两个部分，那是一种美妙苍茫的时刻。我们置身在幽暗薄明之中，遥望深邃的天空中散落的那几颗晨星。稍后，光线不断向上扩展，天空中的浮云被映出一片绯红的霞光。随着光线的不断增强，红霞由绯红变成了洋红，继而从洋红变成了橙黄。渐渐地，天空变得清新蔚蓝，彩云变得柔和洁白。快 6 点的时候，在遥远的东方海平面上，微微露出一个红色的亮点，这点儿不断扩大，慢慢呈半月形。不一会儿，一个红色明丽清秀的圆圆的笑脸就完全浮现在海平面上了。朝阳的光辉透过云层洒向海面，气势磅礴、变化万千。

看完日出漫步沙滩，总是偶遇那些在阳光中悠然漫步的寄居蟹。我们赤脚悄悄地跟着那几只背着家奔走的家伙，但是寄居蟹非常警觉，稍有动静，它们就缩进房子里装死或者慌张地打洞逃走。我好奇地把散落在不同地方的背着不同颜色贝壳的寄居蟹捡到了一起，我说，你们结伴而行呀，干吗要自己走自己的？女儿大笑。然后我们就屏住呼吸，静静地看着它们。不一会儿，有着绿色房子的寄居蟹开始行动了，紧接着褐色的那只也开始行走，最后他们还是沿着不同的方向走了。我们也慢慢踱回家继续睡我们的大头觉。

因为先生没来，我和女儿除了踏浪和在游泳池游泳、在海边喂鱼以外，其他的水上项目都不敢参与。当然喂鱼也很有意思，海水碧蓝清澈见底，除了巨大的魔鬼鱼每天上午 10 点按时赴约，还有大群大群色彩斑斓的热带鱼响应我们的投喂。

岛上第三天我们参加了日落巡航。一群人坐在游艇上出海 2 个多小时，看太阳从遥远的西天慢慢降落，余晖洒在波光粼粼的水面，色彩斑斓。我们还幸运地碰到了海豚。

岛上最梦幻的景色是星空。这里的星空似乎触手可及。那轮月亮从娥眉到半月，我们是天天都跟着看。月亮周围的晕圈很圆很大。天幕低垂，风动云动，星空像在动，如梦似幻，很有穹幕电影的感觉。我们躺在沙滩椅上仰望着旋转的星空让思绪恣意飞扬。海浪轻轻拍着海岸，浅酌低唱。这样的夜、这样的海很适合对话，也适合发呆。

来到海岛不能不享用一下海鲜大餐。在浪漫的月空下，空旷的海滩上，橘色的心形蜡烛摆成一圈。我们就在烛光的辉映中享用大餐。海浪轻唱，海风微拂，星空朗月，真是人间天堂。

这里的自然风光无可比拟，小黑也特别热情、单纯、礼貌，但是苍蝇、蚊子还有各种虫子，比如蜈蚣还有壁虎、蜥蜴等等，经常大胆地闯入居室。我在沙滩椅上躺着，一只硕大的蜥蜴就在离我不远的地方威武地立着上身专注地盯着海面，或者侧着头似乎在认真地听音乐。

这几天我几乎都在海边发呆，充分领略了海的万种风情和万千变幻，有平静时的温柔和狂放时的暴虐，还有狂风骤雨时的滔天骇浪。在大自然面前，人很渺小同时也很伟大，那些在水上、在空中如履平地的小黑们的从容令人叹服。海能纳百川才成其大，人要虚怀若谷才成其广，宽容、包容，爱与自爱，自信与他信才能成就人生的美好。

7 天的假期很快就结束了，天堂再美还是要回到人间。我们在美丽的印度洋充满了能量，很快又投入到热情似火的滚滚红尘。

襄阳访古

徘徊在襄阳街头，常常让人误以为自己穿越了时空，误闯了哪个古人的迷梦。那古城墙的楼洞就是一条时光隧道，带我们走进襄阳的几千年岁月，探访古往今来的风流人物。

走进时光深处，爬在城门上，回眸之间竟看见了玉树临风的宋玉。我对宋玉说：如果我是个男子，也要做你这样的人，即使好色也要好得风生水起、磊落光明；既然为官就拜卿大夫为师做个好官；像你那样，一身长袍，两袖清风，金声玉韵，羡煞后人。

卞和，你双足完好，手捧和氏璧。我悄悄问你，你没有把自己的双足和拾来的宝贝奉献给那个不识货的国君么？

刘秀，这座城池因为你而格外大气壮丽。在襄阳短短的几天之内，我感受到了襄阳人的豪气，还偶遇了两次街头动武的情景，难道是因为你称王称帝或好武斗强的基因遗传给了现代的襄阳人？

仲宣楼，背依古城墙，墙外是美丽的护城河，我遇见了一身瘦骨的王粲。你傲立楼头，衣袂飘飞，昂首迎风，远眺云水长天。你顾盼四野，空无一人，唯见隆隆巨响，波涛翻涌。你知道那不是护城河，护城河一向安静；你知道那不是汉江，尽管汉江正日夜奔腾东去；更不是故乡冻土上颠簸的车轮——只因你早就斩断了所有的思乡情绪，一心只想投入抱负的洪流。这隆隆巨响似乎近在咫尺，却遥不可及，那是你隐痛郁结的心在呐喊，而脚下的这座楼，就被你吞吐成一篇鬼神共泣的传世宏文《登楼赋》。

释道安，襄阳因你曾俨然成了佛教传播中心，从魏晋盛行佛法之风始。你把生命活成一部百科全书：你的慧不惧世人的愚，正如你的媸不惧世人的妍。佛经佛法的洋洋万言，你过目不忘；磨穿脚板的万里砂石，你怡然不惧；五百僧徒和四海知交，你宠辱不惊。你在完成了一段佛学大国和东方圣人的必经之旅之后，安详圆寂，肉身干净地睡去，留下精魂，烛照迷路人。

习凿齿，"弥天释道安，四海习凿齿"。站在历史面前，你反复斟酌，掂量判断孰是孰非。谁是正统？谁是旁支？终于你也成了历史，任由千载评议。你朗声大笑，响遏行云，就算你只是个"半人"，雄踞北方的苻坚也要将你当成至宝，为你挥动千军万马在夫人城血战。

萧统，在你出生的襄阳，昭明台因你而建。然而登上昭明台之巅，也看不清十里烟堤。在玄圃，在荷花池，在一棵古榕树的浓荫里，时间要轮回流转几世几生，我才能遇上一个如你这般完美的男子？传说中，你是神童也是孝子，2 岁即立太子，30 岁却撒手人寰。我轻轻呼唤，太子，春寒料峭之中雨一直下个不停，五千件寒衣去年冬天就已告罄，你派去暗访的人，回来时，眼神凝成冰，他忧心忡忡地想，明日你的餐桌上将会撤掉最后一道荤腥。太子，如今池州旱情已缓，吴兴恶龙早擒。今夜，你当安寝。你看，萤火会游于草丛，城头月儿正明。书桌上，一叠叠选文，静静矗立案头，阵阵荷香，犹如清音。四百八十寺，寺寺轻敲木鱼。太子，你当安寝。

到襄阳是一定要寻觅你的——孟浩然。“山光忽西落，池月渐东上。散发乘夕凉，开轩卧闲敞。荷风送香气，竹露滴清响。欲取鸣琴弹，恨无知音赏。”巅峰之上，你悄然傲立；“不才明主弃”惹恼了唐玄宗，从此你归隐鹿门。对一个真隐士来说，有鹿门就够了，对一个诗人来说，有诗意就够了。又见一夜风雨，花落知多少啊，欣然为泥，无限芳华。

抹去厚厚的灰尘，抹去铁马金戈的一次次血腥，抹去三千里云烟和峰回路转的欣喜，我遇见了你们。访古襄阳，古韵悠悠。

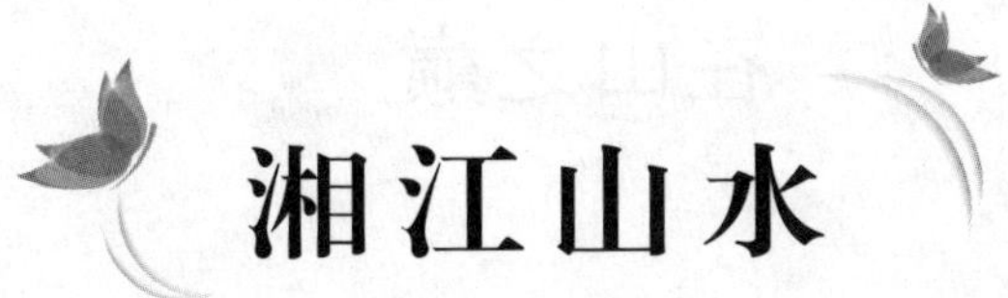

湘江山水

毛泽东同志诞辰120周年之际，我和先生利用国庆长假赴湖南，游长沙——韶山——岳阳，这是一趟别有风味的山水之旅。

由于国庆节高速大堵车，待我们赶到橘子洲头的时候，已是傍晚时分。在浓郁的桂花香中，面对滔滔江水、隐隐青山，我和宝爸一起结结巴巴地背诵了那首《沁园春 · 长沙》。

独立寒秋，湘江北去，橘子洲头。
看万山红遍，层林尽染；漫江碧透，百舸争流。
鹰击长空，鱼翔浅底，万类霜天竞自由。
怅寥廓，问苍茫大地，谁主沉浮？
携来百侣曾游，忆往昔峥嵘岁月稠。
恰同学少年，风华正茂；书生意气，挥斥方遒。
指点江山，激扬文字，粪土当年万户侯。
曾记否，到中流击水，浪遏飞舟？

记得这首词是我们当年经常朗读的，可是如今却不能流畅地背诵了，岁月如刀催人老，人生能得几时好？

在山之巅

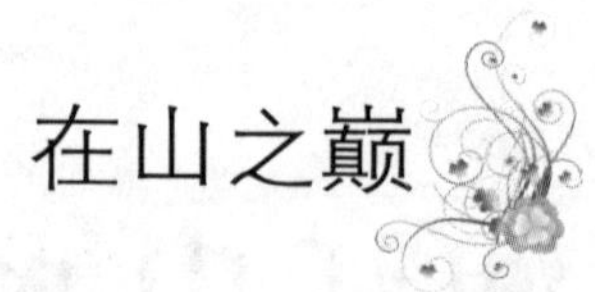

第二日凌晨，我们从长沙出发到韶山，秋高气爽，沿途山峦起伏，沟壑纵横，阡陌交错，梯田叠秀；韶山市环境优美，道路齐整干净。

韶山村里，小桥流水，房舍幽静，百花斗艳，万木争荣，处处呈现富庶平安景象。

毛主席铜像广场上，人山人海，摩肩接踵。一代伟人永远都让人怀念，不同年龄段的人都在以自己的方式、自己的想象来解读和追寻他老人家。

韶山景区分为滴水洞、纪念馆、纪念园三个部分。其中毛泽东纪念馆包括毛泽东故居、毛泽东父母坟墓、毛氏宗祠、南岸学堂旧址、1925 年创办的农民夜校旧址、1927 年考察湘潭农民运动旧址等 8 个景点。

毛泽东故居，位于韶山市韶山乡韶山村土地冲上屋场。四周青山环抱，绿水纵横，水田层叠，环境幽静。这座古朴典雅的农家院落就掩映在青翠欲滴的山林之中。这是一栋普通的农家村舍，为“一担柴”式的房子，系土木结构的“凹”字形建筑，一共 13 间房屋，包括粮仓和猪舍牛棚。宽敞的大门前是两眼清池，碧波荡漾，荷谢藕肥。1893 年冬季，毛泽东就出生在这座穷乡僻壤的山村农舍里，并在此度过了他天真顽皮的童年和人小心大的少年时期。

当年私塾南岸学堂保存完好，置身其中，仿佛身处当年。家史苦辣酸甜，家书情真意切，其中给毛岸英的家书尤其让人动容。岸英要求父亲给他写首诗，父亲说最近太忙，没有诗情写不出来，就像普通父子话家常一般，朴实而温暖。

离开南岸学堂，徒步百米来到毛泽东纪念园。新建的毛泽东纪念园依山傍水，坐北朝南，规模宏大。它与对面古朴典雅的毛泽东故居咫尺对望,交相辉映。纪念园设计新颖,布局有序，建筑宏伟，造型别致；古典园林风格和现代建筑艺术相得益彰，交融荟萃。这里常年播放当年主席像落成典礼时的实况录像，那在寒冷的12月竞相怒放的杜鹃花蔚为壮观。

韶山主峰有缆车直达。站在峰顶可以一览韶山全貌。青山叠翠，绿水萦绕，林木葱郁，花草繁茂，景色旖旎迷人，宛若世外桃源。有韶山耸翠、仙女茅庵、石屋清风、陨石成门、胭脂古井、银河渡槽、观音奇石、滴水洞八大自然景观。这里到处都能寻觅到伟人的早年足迹，聆听到革命的传奇故事。我们在“石屋清风”处与毛泽东的石干娘合影留念。

在山之巅，俯瞰韶山冲，韶山水库如明珠般镶嵌在群山之间，层层梯田、蜿蜒山道犹如腾龙一般汇聚山顶，形成九龙朝圣景象。少年时代的毛泽东就曾经从这里到湘乡东山一小就读，那所小学相当于今天的贵族学校。学生上学父母都要给买新衣服，毛泽东的父亲舍不得给他做新衣服。那个年代，学生穿的是小马褂，老师穿长袍。父亲说，别买新马褂了，我做买卖时穿的那个旧长袍和旧西装，你穿着去就行了。毛泽东辍学过几年，个子又长得特别高，讲话又不是湘乡话，穿劣质的旧西装还打一条破领带就来了。人们说你都几岁了，还上一年级？班里同学都说他是个大傻瓜，把他奚落得不得了。面对奚落和嘲讽，毛泽东没有说任何话，写了一首《咏蛙诗》明志：“独坐池塘如虎踞，绿树底下养精神。春来我不先开口，哪个虫儿敢做声？”

这一件小事足见他的志向远大。1912 年，就读于湖南省立高中的毛泽东，就商鞅变法的“徙木立信”而写道：“吾读史至商鞅徙木立信一事，而叹吾国吾民之愚也，而叹执政者之煞费苦心也，而叹数千年来民智不开、国几蹈于沦亡之惨也。”当时的国文老师批注：“目光如炬，落墨大方。历观生作，自是伟大之器，再加功侯，吾不知其所至。”毛泽东青少年时期就表现出了自己的远大政治理想，当时的老师就觉得他前程不可限量。

在山之巅，能感受海纳百川的能量；在山之巅，能感受高山仰止的气势；在山之巅，更能感受当下生活的美好和来之不易！

在水之湄

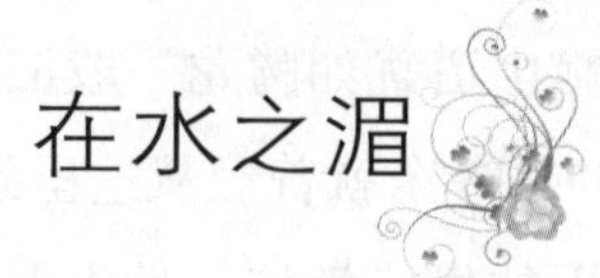

从韶山之巅下来，我们就到了在水之湄的岳阳。岳阳有滕子京，岳阳有范仲淹的《岳阳楼记》。

岳阳楼始建于公元220年前后，距今有一千七百多年历史，三国时期为鲁肃阅军楼、南北朝时称巴陵城楼、初唐时称南楼、中唐李白赋诗后始称岳阳楼。至公元1045年即庆历四年春，滕子京重修岳阳楼，请友范仲淹作了《岳阳楼记》，从此，岳阳楼更加闻名遐迩。

岳阳楼公园位于西门城头。公园门口首先映入眼帘的是一副黑底蓝字对联“洞庭天下水，岳阳天下楼”。

园内岳阳楼巍然矗立，脚踏烟波浩淼的洞庭湖，面对青螺滴翠的老君山，头枕滚滚东去的长江水，背靠繁华秀丽的岳阳闹市。它与武昌的黄鹤楼、南昌的滕王阁齐名，有“江南三大名楼”之一的美称，三大名楼中岳阳楼又独占鳌头。站在巍峨的岳阳楼前，看波光粼粼的洞庭湖，我忍不住轻声吟诵起来：“衔远山，吞长江，浩浩汤汤，横无际涯。朝晖夕阴，气象万千……北通巫峡，南极潇湘……先天下之忧而忧，后天下之乐而乐。”

岳阳楼碑廊，仿古回廊式，古朴、庄重、典雅。此碑廊全长百米，精选了历代歌咏岳阳楼的诗词书法碑134方，明清以来修葺岳阳楼的记事碑24方，收集有毛泽东手书杜甫《登岳阳楼》诗以及董必武、宋任穷等老一辈革命家和国家领导人的题词手迹。

岳阳人没有忘记他们的太守滕子京，也没有忘记范仲淹，建双公祠来纪念两位圣贤。那祠上的对联是这样写的：“一湖一楼一记，浮乾坤、控南北、叙乐忧，江山胜景辉映千古；双公双绩双德，联珠璧、会风云、昭日月，文坛佳话流播九州。”

位于岳阳楼北侧的三醉亭，为主楼辅亭之一。四方形高 9 米，二层二檐，歇山顶，碧瓦红柱，华丽而庄重。三醉亭，因传说中的吕洞宾三醉岳阳楼而得名。据《辞海》记载："吕洞宾的神话传说，大概最早起于北宋岳州一带。"亭内陈设淡雅，一楼厅内屏上绘制有吕洞宾醉酒图。

行程的最后，我们去拜谒小乔墓。"铜雀楼台空锁梦，金龟夫婿最知兵"的周瑜夫人是一位了不起的巾帼英雄。她的墓冢为圆形封土堆，墓周有游道，并增加石栏护围。园内建筑，为砖木结构，覆以青色琉璃，具有江南园林风格。冢上植有女贞二株。正面刻有宋苏东坡手迹："遥想公瑾当年，小乔初嫁了，雄姿英发"。

无论是英雄还是美女，也无论是政客还是将军，抑或是神仙凡人，都在浩瀚的历史长空中悄然陨落，而我们还能看见每天的朝霞和晴空抑或是雾霾，如果我们能不以物喜、不以己悲，那才是人生最高的境界。

第四章 | 浮 光

我那白手起家的小小事业，早已进入正轨，发展平稳了。如今看看开始创业的艰辛，颇有几分感慨：若无这些在烦恼里追求幸福的决心，又怎么敢直挂云帆济沧海！

一天一天，好平淡？不，好宁静。我就爱这些琐琐碎碎的浪漫，平平淡淡的幸福。

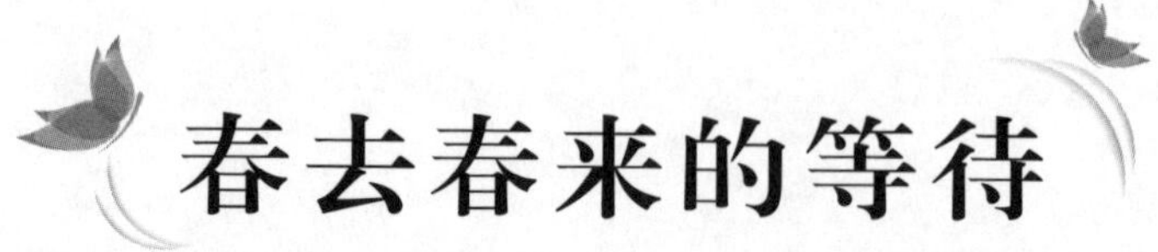

春去春来的等待

干枯的杨树枝冒出了鹅黄嫩绿的芽，春天实实在在地来了。

天，灰蒙蒙的，很寂寞。独自站在料峭的风中，心里莫名地激动和难过，好像在抬手与放手之间肆意地丢弃着什么；而在遥远或并不遥远的时光之外，我预感到也许有什么不同寻常的事情要发生了。

在春去春来的日子里，我总是满怀渴望、满怀憧憬地等待着，在寂寥的苍穹下等待没有灰尘的阳光。

原以为，要做一个比装点自己美丽外表更精心百倍地装点自己内在的女人，完全应该能拥有充实辉煌的人生，然而生活中却找不到宽广的胸怀和真诚的关心，等待的只有无人喝彩的冷眼旁观。等到第十个春天来的时候，我不得不离开明净的办公室去闯荡商海。

曾读过一篇《亦文亦商梁凤仪》的札文，很钦佩梁女士既是文坛高手又是商界强人，一想到如今自己也要离开舒适的办公室，心里却很有些悲壮。商海沉浮，等待我的将是什么呢？不知我会不会像梁女士小说中的哪个角色。时代赋予每个人成功的机遇是平等的。从梁女士的身上，我看到了生命的华彩乐章，看到了百折不回的抗争和美。也许在我勇敢地面对挑战之后，心胸里也会大气涌动、充实而丰盈吧！

回望过去的日子，发现同龄的朋友或仕途畅达，或声名鹊起，才觉得自己这份等待是多么沉重。因为太看重自己，因此等待就越发难熬，这种难熬的等待在生命中也从轻渺的渴盼变为沉重的磨炼。经受过磨炼的人，会厚重和坚韧，会更加坚定地走自己的路，能笑对风雨的打击，也能淡然面对胜利的回报。感谢这份沉重的等待！

曾经的泪水是一种礼物，一种忧伤。我闭上眼睛，又听到了内心深处的那种渴望。我被自己感动和鼓励了，开始平静地等待着那个神圣时刻的到来。

哈代说过："将来总有一天，在整个自然界里，只有山海原野那样幽淡无华的卓绝之处，才能与那些富有思想的感动绝对和谐。这种时刻即使还没有到来，却也不很遥远了。"心灵的感动是一眼甘泉，将滋润每个匆匆的过客。

年复一年，春来春去，只要活着，我们就无法拒绝也不该拒绝等待。

站在烦恼里仰望幸福

秘书来家里汇报工作，留她一起吃午饭。席间，宝宝问她，到什么地方买过年穿的衣服比较好些？她很认真地说，你今年只能到汉正街去买了，因为你妈妈已经是穷人了哦！宝宝很诧异地说，妈妈，我这次回家就觉得你瘦了好多，憔悴了好多，你怎么了啊？肯定有事瞒着我……

站在烦恼里仰望着幸福，反思着我的2008，脑海里浮现了“一败涂地、度日如年”八个大字！

本来早就想写点什么的，但怕宝宝看了，影响她考研，就一直忍着没写；也怕侄子、侄女们看到了，不小心告诉了老父老母，让他们担心难过。宝宝现在已经知道了，考研也已结束，最近又收到很多朋友的问候，很令我感动。为了感谢朋友、家人的担心和牵挂，也为了给自己一个交代，我得认真总结一下了，哪怕有些无奈和酸楚。

这些年来，总想追求一种淡泊宁静的人生状态，也许是这种追求害了我，或者是我还没有真正修炼到可以淡泊的境界，无法宁静，更无从做到静中生慧了。

很多年前的一个朋友就很反感我追求的淡泊，她说，在商言商，你不是个合格的商人。我理直气壮地反驳她说，我不是商人，我是企业家。

尽管很多人总在说，中国没有真正的企业家，中国也不具备产生企业家的土壤，但我却固执地认为自己是企业家而不是商人。自认为企业家更多的是注重社会责任，而商人更多注重的是利润回报。现在才明白，那个朋友是对的，企业家首先得是一个合格的商人！

我总是有些克服不了的情结。这些情结像梦魇一样缠绕着我，让我永远无法超越。

比如行业情结。很多年前有朋友邀我一起开酒店，我不干；5 年前还有朋友邀我搞房地产，条件非常优厚，我也拒绝了。还有其他赚钱的项目有机会去做，我都没有接受，因为我只喜欢文化和教育，尽管赚不了大钱，但我认为特有意义。可是学校的壁垒太多，门槛太高，光拿学校的牌子就不是件易事，更别说做强做大了！所以市场上出现了很多培训公司，直接奔着教育产业的利润而去，做大了再去申办学校。我的做法跟他们比，恰好是反向操作！

比如梦想情结。从小就梦想长成参天大树，希望成就自己和他人。小时候写命题作文《我的理想》——我写的是文学家；渐渐地又梦想成为教育家，武汉大学第一任校长王世杰先生是我的偶像；再后来又梦想成为企业家，还梦想成为人大代表或者政协委员。自己对自己的定位之高确实有些可笑至极，乃至不惑之年才知道自己实际上什么家都成不了，包括成就自己的小家亦是不易，哪还能成就大家呢！但由于心底梦想和愿望，对自己的要求就有些苛责，终日乾乾，如履薄冰，如临深渊，总怕稍有差池就会离梦想遥远，可还是事与愿违，梦想仍如天边的星星一样遥不可及！

比如人才情结。总认为人才以德为先，曾遇到一个很能干的市场人才，觉得此人品德有问题，就弃他不用了；而有个员工尽管从不做出格的事情，也不迟到早退，但业绩一直都没上去，却一直在跟着我。实际上小企业在发展初期，应该学点曹操的做法，不拘一格使用能人。渴望人才能走近我，希望所有员工都比我能干，比我优秀，但前提是要有共同的价值取向——赚取利润的同时不要忘了自己的社会责任。在我心底，有三个企业英雄：一个是日本的阿信，电视剧《阿信》里的主人翁；一个是韩国《商道》里的林尚沃；还有就是《乔家大院》里的乔致庸。从阿信那里知道了坚韧和勇气；从林尚沃那里体会到了什么是上善若水；乔致庸为了实现汇通天下的理想都可以跟乔家的大掌柜下跪，从而教会了我该如何善待人才。

比如性格缺陷。从小到大，我都是一个极粗心的人，缺少缜密的思维，容易轻信他人，而且 IQ 较低，EQ 平平，对人对事一片愚忠，总是一厢情愿地把别人当君子。有道是君子畏因，小人畏果，狂人却什么都不畏，可商界里的狂人比比皆是，防不胜防。善不掌兵，义不掌财啊！无论怎样我都得为我的愚蠢埋单，哪怕因此一贫如洗。

先生安慰我说：“人在江湖飘，哪有不挨刀啊！精明人也免不了挨刀，何况你还有点苕呢！没关系的，大不了回老家陪老娘种菜去！”呵呵，虽然烦恼太多，但一想到愿意陪我一起隐退江湖的先生，又觉得这些烦恼不值一提啦！

在这些烦恼重重之中，我又收获了很多很多感动。

比如忠诚的员工。员工们已经知道我一贫如洗了，有人辞职，但也有人坚定地跟着我。特别是秘书顺子很让我感动，她的两个表姐都曾是我的同事和朋友，我想我与他们家族的三个美女也许就是前世的姊妹。无论以后会怎样发展，我坚信我们永远都会是好朋友、好姐妹！

比如优秀的专家团队。那些来自名校和行业里的专家教授们，有的人还是国家注册建造师的教材和考试大纲的编写者，他们没有因为我的失败而离去，反而加大了支持的力度，对我们学校倾注了更多的时间和心血，为我出谋划策！

为了他们的信任和期待，我必须改变自己，必须超越自己！

幸福总围绕在别人身边，烦恼总纠缠在自己心里，这是大多数人对幸福和烦恼的理解。为什么烦恼的都有，为权、为名、为利……人人行色匆匆，背上背着沉重的行囊，装得越多，牵累也越多。有的人本来很幸福，看起来却很烦恼；有的人该烦恼，看起来却很幸福。烦恼，永远是寻找幸福的人命中的劫数。当我们在仰望和羡慕着别人的幸福时，一回头，却发现自己正被别人仰望和羡慕着。

此刻，我就站在烦恼里平静地仰望着幸福，期待着我的2009。

雨夜的烛光

一声惊雷碾碎了梦境，恼人的雨自顾自唱地奔腾着。这个夜被雨惊醒，漫浸其中而无眠。

不知这样的夜该思考什么，辗转着听自己的心音，却根本不能。黑暗里起身打坐，也无法集中思想。突然想起禅修课堂上导师说过的一句话："我们所在的地方，往往是我们不在的地方。"此刻，真有种不知身在何处、今夕何夕的感觉。

上班以来，一直和陈教授一起做调研，来往于高校和企业之间，很想找到大学教育和企业需求脱节的关键所在，为我校教研组找到最佳的课程开发方案。几乎所有的企业都提出需要一来就能上手的人才。土木工程和工程管理的学生们如果能拿到职业资格证，诸如施工员、预算员、造价员、安全员、材料员、资料员、监理员等证就能有效就业；不仅需要拿证，还需要有实战经验。建筑、电力、装饰装修、水利水电、通信广电、机械、矿山、公路桥梁、市政公用、石油等等行业都奇缺建造师，建造师是一块金色的敲门砖，可有严格的工龄要求。

于是，我们提前为那些快毕业了的学子培训此类课程，为那些毕业就面临失业的孩子们找到一条最有效的就业途径。他们找不到工作就来培训拿证，然后由我们推荐就业。

我想起草一个针对困难家庭的孩子优惠或免费的文件，可是免费的提议在董事会上没被通过。老韩说我又在犯在商不言商的错误,呵呵。老朱说,你还那么相信那些“80后”的孩子吗?你培养了几年的所谓人才就因为竞争对手每个月多给二三百元的工资离开了你,你还敢轻信大学生们先免费培训、等找到工作再还我们学费?

在这无边的夜里想到离我而去的员工,突然有些心寒。那曾信誓旦旦地表示要和我创百年基业的人就因竞争对手多给一点点的薪水而背叛誓言,甚至走得那样匆忙,连招呼也不打一声。可是我们家族的“80后”的孩子们却个个单纯善良、诚实可靠。

外甥女琦在博客上说:“自己26岁了,还有双干净的眼睛看世界。”我一直想给她留言,可是不知道该怎么写。我都40多了,眼睛依然干净,把世界一切看得非常美好,看人心十分善良,可是却连遭变故……“黑夜给了我黑色的眼睛,我却用它寻找光明”,无来由地想起了那个走上绝路的诗人。

无边的夜色和着绵绵的雨声带着思绪飞扬,我想到了许久没见面的好朋友们,不知这样的雨夜里,她们怎样度过。我相信同声相吸,同气相求,在这个阴霾的雨夜,她们也和我一样孤独地无眠吗?

女人的世界似乎永远产生悖论:那些表面越是漠然的人,越是内心在乎;那些外表坚强的人,内心其实无比脆弱。

如我爱哭,而且泪腺发达,经常默默流泪,或是躲起来嚎啕大哭。在这样的雨夜里,我把自己关在卫生间里,蹲在地上,抱着膝盖,眼泪滑过眼睑,一滴一滴落下。

我现在很坚强，想起朋友的话："如此坚强，是因为脆弱得太多太久。""同心而离居，忧伤以终老。重叠泪痕缄锦字，人生只有情难死。"无可名状地渴求着爱和依靠！无论我在喧嚣的白昼如何忙碌挣扎，其实我最想要的却是像一个幸福的小女人一样地活着，在雨夜里有家人陪伴，活出庸常的快乐和满足来。

我想对26岁的琦说，很羡慕她的生活，很欣赏她干净明亮的眼睛，很希望她到我这个年龄的时候还能有双干净明亮的眼睛。那样的眼睛是永远不灭的心灯！

当尘世的嘈杂淹没心的声音，每个人都在孤身夜行。要切记的是，在任何时候，都要葆有自我取暖的能力，还有，爱护你的身体与心灵。

没有比自己掌心点燃的烛光更真切、更明亮的了。爱那些烛光后的明亮的眼睛，远远的，如寒夜星辰——对，就是自己的；除了内心生出力量，不必倚赖于任何外界与他人——因为只有你自己，是上帝无法拿走的，除非到最后时刻——这不是悲观，而是勇气。

蚂蚁搬家

武汉修地铁了，中南商场一带有些房子就得拆掉，原来一直以为我们那座曾是建筑行业首脑机关所在地的办公楼可以幸免，可最终还是接到了拆迁通知。后勤处要求大家必须在 2009 年 1 月 20 日前搬家并交出钥匙。

本来早在 6 日就把学校迁到了东湖特 1 号，但招生咨询处的办公地一直没落实，最终好不容易在规划设计院的办公楼里弄到了两间房，多亏了朋友和领导的关怀。匆忙简单装修之后，先生利用休息日陆陆续续搬了一些东西过去，剩余的空调、电脑、电话、书籍等办公用品定在 19 日搬。没想到先生 19 日突然有急事不能过来，于是秘书顺子和宝宝自告奋勇来搬家，顺子还找了有车的朋友来当帮手。

当天早上，我和宝宝 8 点就到了办公室开始清理物品。宝宝怕把电脑显示屏弄坏了，用废报纸和透明胶粘了一层又一层，竟让人看不出来那是个液晶显示屏，而像个工艺品。顺子在新办公地等待并验收新办公桌椅，我在旧办公室等着工人师傅过来拆空调（我们要把旧空调带到新办公室去安装）。顺子的朋友把车开过来之后才发现，车的后备厢只能装下 1 台机箱。好心的工人师傅自己抬着主机，而那只像小煤气坛子一样的氟利昂罐子就没有人搬得动了。

宝宝和顺子忙着从办公室往楼下搬东西，我扛着师傅拆下来的窗帘，提着氟利昂罐子，和师傅们一起走。平常觉得中南路到中南一路的新办公地很近，今天却觉得很远。我背着包，一只手提罐子，一只手提两米长的窗帘，样子狼狈不堪。幸亏是午餐时间，人们都在吃饭，否则路上碰见熟人，真不好意思。

等我和师傅们到了新办公楼，快下午1点了。我说，咱们先吃饭吧，吃完饭再搬。他们不去，说要赶活。我说，一会儿送盒饭给你们吃吧。到了餐厅，先把师傅的饭弄好让同事送去，我们才开始吃。宝宝心疼地握着我的手说，美女，你今天那个样子很像丐帮帮主呢，哈哈！我们边吃边笑，快乐极了。

吃完饭又开始忙碌起来。带车的朋友把饮水机搬过来之后先走了，宝宝和顺子开始一趟一趟地往返于旧楼和新楼之间。我在新办公室门口看到宝宝背着一个白色的装杂物的鞋袋，手里提着学校的招牌走过来了。她说这些东西本来是顺子拿的，可顺子一出门就碰到了熟人，觉得不好意思，就给宝宝拿了，顺子就抱了电脑主机。宝宝说，反正也没人认识她，就当回破烂王吧！

我和顺子开始收拾新办公室，剩下宝宝一个人在路上搬东西，她一次搬一点点，竟往返了6次。最好玩的一次，她抱着那匹放在我办公室门口的唐三彩马儿，还拿着扫帚和垃圾斗。一路上，一会儿扫帚打一下马儿，一会儿扫帚打一下她的膝盖，磕磕绊绊的，引来好多关注的目光，居然还有人跟她问路，还有小朋友摸她抱的马。哈哈，宝宝叙述的时候把我们都乐死了。我亲了亲宝宝，嗯，你是个勤劳的小蚂蚁，我们是蚂蚁搬家嘞！

晚上 7 点，宝宝说老办公室里还有 4 个装东西的大购物袋、两把伞。我说，都带回家里去吧。我问："瑜伽垫子呢？""哎呀，也掉在那边了呢！""没关系，带回家去。今晚是小年夜呢，大家都辛苦了，我们到红顶音乐餐厅去过小年，把那几个袋子和瑜伽垫子带着。""那我估计人家不会让我们进去的，我们一个个灰头土脸的，还带着那么几个丑袋子。"顺子说。

顺子和宝宝一人提两个袋子，我背着瑜伽垫子。那把有长柄的雨伞刚好放在垫子中间，伞柄露在外边，像一把剑，她们戏称我拿的是打狗棍。我们三人一边走一边笑，她们说自己是帮主身边的左右大护法，哈哈！进了红顶音乐餐厅的电梯，我说，不要再笑了，大声喧哗不文明，说完，自己又忍不住笑了起来。

顺子和宝宝分别点了一份牛扒和鸡扒，我要了一份比萨。顺子说这家的比萨特难吃，建议我吃煲仔饭。我说那么大碗肯定吃不完，宝宝说吃不完还有她呢。她们俩饿极了。我说："那你们再点一些东西吃啊，牛扒和鸡扒很少，肯定不够吃的哦！"宝宝却说："这里的东西太贵了，咱不点了，一会儿出去吃烤红薯，哈哈。"我们又忍不住窃窃地笑了起来。于是，我做主，又点了一份水果沙拉。

歇息下来，才感觉累极了，浑身都痛。等餐的时候，宝宝差点睡着了。餐送来了，我们边听着歌边吃着东西，还把这里的食物与其他西餐厅的食物做着比较，好不惬意。

走出餐厅已经 9 点多了，站在路边等的士半天没见着空车；好不容易来了一辆空车，可人家只愿搭乘到汉口的人，武昌的不送，郁闷。我笑着说，你们俩等在这里，我到前边去拦，再要有人拒载，我就把打狗棍拿出来吓吓他。唉，还是没有车！这时，天空下起了蒙蒙细雨。宝宝说："我老爹要在家就好了啊！老娘啊，老爹为什么总爱在关键时刻掉链子呢，今天这么忙都不回来！"我笑着说："没关系的，有本帮主在，一会儿就有车来接的哦！"我正准备给一个朋友打电话要车，眼疾腿快的顺子发现了一辆空的，她一哧溜就钻了进去，把旁边想上车的人硬是挤了下来。宝宝直夸顺子是女英雄，帮主的位子应该属她，哈哈。

蚂蚁搬家似的一整天，不顾形象、辛苦劳累的一整天，小心省着钱、心酸的一整天，又是苦中作乐、兴致勃勃的一整天……创业之初，我们放下了面子，不计较吃苦，更没忘记乐观的心态和自娱自乐的默契。

我相信，这小小的三只蚂蚁互相扶持，一定会再建起一个坚实、牢固的新家来。

婚姻是一种宿命的浪漫

来自山西的秀是我的学生，很久以前当过她的班主任。秀很好学，最终以中专生学历和自修专科、本科的学历考上了一所名牌大学的研究生。她是我到山西招生的时候招过来的，后来又分到了我的班里，所以分外亲近。她父母每次给我打电话，都托付我要好好照顾她，就当我自己的孩子一样，所以秀就一直把我当成了长辈，每每有困难都会找我，也愿意给我讲心里话。秀在恋爱的时候，带了三个准男友推荐给我见了后，才碰到强，这才下定决心走进婚姻。没想到结婚不到两年，秀就对婚姻生活失望得不得了，经常很郁闷地来找我，说想离婚。于是我就跟秀讲了从朋友蜗牛那里听来的莫蓝和陈子安的故事。

这是雪小婵的《错过爱》里描述的两个真心相爱的人抵不住生活的平淡而分手、不断错过真爱以至终身悔恨的故事。陈子安和莫蓝最后明白了："爱情就是这样，像一辆班车，来来回回地开着，没有目的地，上去了再下来，下来了再上去，总会有一个站是你想永远留下来的吧，却让他不小心地错过了。"婚姻终归是需要平淡相守的，女人的伪装坚强、口是心非让莫蓝错过了一切，错过爱比错过一班车更容易，错过后遇到的人、遇到的风景却会大大不同——世界上根本没有完全一样的风景，而错过的往往又是我们生命中最重要的。

秀听了这个故事沉默了许久，然后说："还是女人不值啊！不过，我很羡慕老师您的感情生活，您和叔叔多好啊，那么美满浪漫。"我对秀说："我更羡慕我父母，他们经历了那么多的人生坎坷还矢志不渝，那份革命爱情才叫浪漫呢！"

除了自己的父母之外，我还很佩服我的婆婆。婆婆和公公是正宗的老式婚姻，通过父母之命、媒妁之言走到一起。当年，张、吴两家在当时是当地的大户，而公公是村子里当时唯一的读书人，婆婆是张家唯一的女儿，婚礼很是隆重风光。可是没过两年，两家都在土改中被划成了地主。后来公公历经坎坷，40 多岁就去世了，婆婆就一直守寡。刚认识先生的时候我就动议要为婆婆找个老伴，可是遭到了老吴家全族的反对，婆婆对我的想法更是嗤之以鼻。如今婆婆 80 多岁了，每当提起我公公，仍然一往情深。她固执地不离开老家，还舍不得那点菜地——因为公公就长眠在菜地旁的河堤上呢。有一年我们买了新房子，要她跟我们一起过春节，她不肯，她说："嗟还是回去过年哪喂，不然伯找不到我嗟啊！"（这还是回去过年吧，不然你爸爸找不到我们啊！）所以，我们家每年都得回老屋过年，去陪婆婆。

一直以来，我都觉得公公婆婆老式的婚姻里也有着浓厚的浪漫情怀：天人相隔之后，他们之间仍然有冥冥之中的深深牵挂。对于他们来说，要嫁娶谁，根本就是未知的，好坏也都未可知。随着婚姻长了、激情退却了，更多的是一种相互依赖的习惯，是一种亲情。所以我说，婚姻是一种宿命的浪漫。

秀问："老师，您说婚姻是宿命，那爱情呢？"

爱情也是一种宿命。很多相爱的男女，根本就无缘成夫妻，只能用一生去怀念；很多夫妻尽管一生相伴，却永远都是同床异梦；能相爱又能长相守的实在少之又少；即便是离婚了，谁能保证就一定能找到相爱又能相守的另一半呢？人一辈子都会犯同样的错误，永远都会欣赏、喜欢同一种类型的人，所以你离了，还会找一个同类型的人再结合，重复着你的错误。你觉得离婚有意义吗？

当我们在爱情来临的时候，明知道他不是这世间最美的，甚至在你那么爱他的时候，你都清楚地知道这个事实，但你还是那么爱着。因为，你爱的不只是他的帅气和青春靓丽！韶华易逝，容颜易老，你对他的爱恋已经超越了表面的东西，也就超越了岁月。你爱的是他整个的人，主要是他的独一无二的内心，所以就勇敢地走进了婚姻。

当爱情到了一定程度的时候，是会在不知不觉中转变为亲情的。你会逐渐将他看作你生命中的一部分，这样你就会多了一些宽容和谅解。人生中只有亲情才是你从诞生伊始上天就安排好的，也是你别无选择的。所以你能做的，只能是去适应你的亲情——无论你出身多么高贵还是如何卑微，你都要无条件地接受他们，并且对他们负责，对他们好。

只有把爱转化成亲情的时候才能接受婚姻的平淡，日子才能在平平淡淡中实实在在地过，没有那么多的风花雪月，但这也未尝不是一种浪漫啊？婚姻就是一种宿命的浪漫。

读不懂的转身

芸用一个美丽的转身定格了与前夫的种种纠葛，成了一个富有的单身女人，很快就被一个小她十岁的男人盯上，然后很快过上所谓的幸福生活。没过多久却发现那个小男人实际上"稀烂"，甚至比前夫还烂，但芸已经不愿意再转身了。原因是那个小男人已经离职，而且一无所有。芸说不能落井下石，得让那个男人立足了再分手，或者永远不分手，就当是用钱雇了个玩伴。我对她说："本来和你前夫的转身就是个错误，人一生都会有一个盲点，那就是永远都会被同一块石头绊倒，但我不欣赏你以花钱雇玩伴的态度生活，还是应该有爱、有情、有义地过日子才有意义。"芸却回答说："如果像你那样想，我就会孤独终生。"我听了，不知道该说什么好。

芸知道自己不会是那个小男人的最后女人，却能够那么坦然轻松地面对，自在地享受生活，真是让人想不透。这世间，大多数女人总是希望自己是枕边人的最后一个女人，而芸却说，那是女人独自的奢望，是不可能实现的梦想。

也许你不那么漂亮，爱上的男人也并不富有，但你都会有同样的幻想，你是他最后的一个女人？最后一个，最值得珍惜。不管他之前经历了多少女人，但是遇到你，那些经历统统都成了乐曲的前奏，只有你才是他最后的结局。尽管你不够美艳、不够妩媚，但是你自有独特的地方，譬如善良，譬如才华，深深地折服了他，让他非爱你不可。

张爱玲就是满腹才华的女人，胡兰成是风流成性的浪子，张爱玲却不可救药地爱上了他。在他们相爱前，胡兰成已经做过另外三位女子的丈夫。两人订下婚约，张爱玲怀着珍重的心情，送给他一句话："但使岁月静好，现世安稳。"静好安稳的世界里，是绝对不可能有外人的。张爱玲希望自己才是胡兰成的最后一个女人，但张爱玲的才华横溢和千娇百媚，没能阻止胡兰成很快和青春朝气的护士小周恋爱；而护士小周的青春朝气，也不能阻止胡兰成向成熟妩媚的范秀美靠拢……

对一个风流成性的男人来说，谁也不会成为他的最后一个女人。无论他说得有多好听，他不会和你一样，视彼此为生命中的唯一。你只是他生命中的"之一",可轻可重或者无足轻重。记得澳门赌王四太初婚时曾放言"我会是他最后一个女人"，早已瘫痪在床的原配嗤之以鼻："谁也不会是他的最后一个女人。"经历二房、三房到四房对家庭的入侵，这位原配，想必早已心如明镜并处之泰然。

芸无奈地说，我不再幻想我会是谁最后的女人，我只要一朝拥有，不在乎是否天长地久。

我不知道该怎样评价芸的想法，也许她是对的，在经历了转身后的芸对两性之间的认识已到了某种我所无法企及的境界。这样的转身对女人意味着什么？是无奈的妥协，还是绝望地放弃？

看起来幸福

那天是一群许久没见的好朋友约在汉口江滩聚会。

那些光怪迷离的路灯和着江水泛着涟漪，灯行水上，水在光中,变幻莫测。夜渐渐深了,褪尽喧嚣和繁华的江滩更显魅力。我们沉浸在久别重逢的欢乐中，却意外地看到了独自一人坐在长椅上的她。

她安静地坐着，一袭紫色衣裙，无比恬静和优雅。她那种魅力是宁静而具渗透力的，甚至可以渗透这夜色，蔓延开来，让人忍不住用眼尾余光悄悄地去捕捉。她不老，五官秀气，皮肤光洁，妆容得体；但她也不年轻，笼罩在脸庞的那种平和，绝非小女孩能够拥有的。她那么优雅，却只一个人。

陪伴她的，只有一个奢侈品牌的大大的购物纸袋，大概是白天逛街的收获。可是夜这么深了，一个如此美丽的女子，没有落落寡欢，没有兴高采烈，安详得那么独特，让人不由得去猜：是什么样的心绪让她在累了之后没有回家或者去舒适的餐厅或者干脆到温暖的酒店房间？又或者什么原因也没有，只不过像我一样想看看江滩夜色？

不，我什么也猜不到。在我看来，她是优雅的，而我对优雅二字的理解，更多的是一种宠辱不惊、从容不迫的气质。这样的女人，因阅历而优雅。她们着装永远得体，妆容永远精致，表情永远平和——即使内心波澜起伏，她们也只允许最亲近的爱人或朋友看到自己真实的情绪。年少的时候，认为这样的人、这样的方式是做作、虚伪，巴不得自己的高兴、不满和愤怒还有爱与恨让全世界的人都知道，曾一度把这些率性的表现看成是至诚至性，也因此有很多朋友认为我是“率真”的。而现在，才知道，这种优雅是装不出来的，只有一颗坚强的心才能担负。

即便是心里在哭泣，也会拿出最漂亮的口红来修饰双唇，描绘优雅的灵魂，表现出幸福与坚强。

女人，无论遭遇多大的不幸，你至少要让自己看起来幸福，不是吗？就好像是谁说的——不管什么时候，姿态最重要。

生之欢歌

——我的女孩儿们

看到外甥女琦纪念她奶奶的文章《生之欢歌》，非常感动。让我忍不住想写点文字，来说一说我们家的女孩子们。

琦

才貌双全的琦是我的外甥女。琦有点像古典的江南美人，婉约柔情。在众多的子侄中，琦的个性爱好最像我。

琦的成绩总是那么优秀，从小学到大学都名列前茅，读高中时，就发表过一篇小说。但琦的童年并不快乐，她是在爸爸妈妈的吵闹声中长大的。每次父母吵架，她总是躲在奶奶的怀里哭泣。所以琦回忆童年时就难免有很多的感伤和难过。

琦上大三的那年暑假，我带她一起出差，我们在西北三省跑了 20 多天，那是我第一次知道琦是那样不快乐，而那些伤痛都来源于家庭。原本看上去那么幸福安宁的姐姐家，却有那么多的争吵，原因却又是那么不值一提，都是些芝麻小事，比如，姐夫喝醉了、姐姐说话嗓门太大了等等。琦说，大学毕业后要去支援大西北，要离家远远的，她不想看到爸爸妈妈。我说，离开家也未必要到大西北啊！琦毕业后就和同班的男朋友回到了男孩的家乡——江南的一个城市。琦的气质倒真的和那个城市十分般配。琦和琦的老公都考上了一个重要部门里的公务员。

我和琦在某种意义上来说是知己，在心灵上有些相互依赖。虽然我比她年长一辈，但是很多观点都是莫逆于心的，可以相互倾诉的。琦一直以来都认为我作为一个女人来说活得太辛苦，但内心却是“高贵而浪漫”的。她对我的女儿说：“我们应该以你妈妈为榜样，她那样进取，那样顽强，那样有责任感，那样高贵而浪漫，又是那样爱你，为你创造了这么好的条件，在我们所有表兄妹中，你是最不应该犯错的人，因为你有个太好、太好的妈妈！”当女儿把这些话告诉我时，我的眼睛湿润了，为琦对我的了解和理解而感动。女儿也非常听这个姐姐的话，总是严格要求自己，从小都特别懂事，学业也一帆风顺。

琦在那篇《生之欢歌》里写了她的童年，写了她善良慈爱的奶奶，她写道：

我想起我的那些日子，那些不惧怕过去的快乐日子，现在我最害怕的就是“过去”这个词，可什么都会过去，尤其是我视若珍宝的幸福时光，注定那么少。我想起在那些懵懂的日子里，有一位老人曾如何陪伴我从出生到 12 岁，用驼背背我上学，陪我一起度过父母吵架的痛苦夜晚；没有电扇的炎炎夏夜，她替我摇扇；寒冷的冬日，她让我取暖；在我无助地哭泣时，她是唯一安慰我的人。只有短短 12 年光阴，我还不曾懂事，她已离去……

在琦的笔下，奶奶倔强而虔诚，相信善恶有报的道理，祈求儿孙幸福安康。琦说她虽然没有继承奶奶的信仰，但是继承了她最丰厚的遗产——善良。

在我眼里，琦不仅仅继承了奶奶的善良，而且还跟奶奶一样温柔而又坚强。

风静

风静是我的女儿，因为从小头大聪明，得到乳名“梦大头”，我则不分场合爱称为“宝宝”。“风静”的名字取自清代诗人周清源诗句“月明有水皆为影，风静无尘别递香”，我希望她如明月一样纯洁雅致，一生风平浪静、幸福安宁。正如我期待的那样，长大后的宝宝温柔敦厚，有一种很大气的美。

当我知道自己怀孕的那刻起，就开始写妈妈日记了，一直到宝宝高中毕业。那几本厚厚的日记是我送给她最好的礼物，那里记载了她成长的点点滴滴。什么时候第一次胎动、第一次笑、第一次牙牙学语、长第一颗牙、第一次站立、第一次叫妈妈……我和宝宝在一起的时候就记录她的生活，不在她身边就写对她的思念。宝宝两岁那年，我在《父母必读》上发表了一篇随笔——《母翼下的快活鸟》，描述了我和宝宝的幸福生活。

宝宝每天晚上睡觉前都要我给她讲故事，她要在我的声音中入睡。她识字了就经常看那些日记，或哭或笑地读那些文字，每次读完，她都会搂着我的脖子说："妈妈，妈妈，谢谢您！"

宝宝上幼儿园时，老师发现了她的语言天分，让她当节目主持人，在幼儿园举办的六一儿童节的晚会上像模像样地主持着节目。可是她对我说，她想学画画。我就送她去学画画。后来她参加了一次全国的小百花绘画大赛，她还拿了个二等奖回来。不久，她又告诉我说，不想学画了，要去学电子琴，我就送她去学琴。没多久，她又不想学了，甚至都不摸琴了，尽管老师说她弹琴很有天分。宝宝学什么都快，但我希望她可以快乐地学习，多培养些兴趣好爱，不想强迫她。于是她随心所欲地度过了她的学龄前时光。

作为一个无忧无虑的孩子，宝宝保持着对世界的好奇心，一直努力成长着。

宝宝 5 岁多就强烈要求提前上小学，每次说一句"不乖就送你去念学前班，不能上小学一年级了哦"，她马上就乖了。小学时，她对数学感兴趣，除了每次考试双百之外，还兴致勃勃地参加数学奥赛班。小小年纪就寒暑不断、天天晚自习上奥赛课，还参加全国数学竞赛拿了二等奖。

上中学之后，宝宝的兴趣又转向了文学。她接连在《少年文艺》《中学生》等杂志上发表了很多文章，还用第一笔稿费给我买了礼物。就在我们都希望宝宝读文科的时候，她却坚持选择了理科，参加了全国生物竞赛并拿了全省二等奖。

高三时，为了考上梦寐以求的北大，宝宝放弃了被保送到武大的机会参加了高考。虽然最终以二十分的差距跟北大失之交臂，但宝宝还是抱着对外面世界的向往，选择了另外一所北京的高校。

读材料物理专业的宝宝，大学生活平静而繁忙：每天都呆在教室、图书馆、实验室。作为宿舍最小的孩子，她是室友们的小妹妹，受到大家的照顾，有时候也发挥善解人意的天分开解大家。寒暑假回家，宝宝总抢着做饭、做家务、照顾妈妈。

我无意中看到宝宝的文章，才发现她除了单调枯燥的专业学习之外，居然仍有一颗文艺少年的心，大概这也是遗传吧！宝宝选修课的期末作业——赏析电影《青蛇》这样写道：“《青蛇》是徐克的青蛇，江南的青蛇。那江南，有流水、莲湖、垂柳、小舟；那江南，有朦胧的烟雨，有仿佛触手可及的低矮天空，有临水而建的黑白楼阁；那江南，有白袍的英俊和尚，有从天而降的妖艳舞女，有儒雅老实的清秀书生，有端庄秀雅的美丽娘子。那江南，百看不厌，令人陶醉。年纪小的时候，是看不懂青蛇的，也看不懂江南——那端庄却妖冶的江南，那情与欲的江南，那千年传说里的江南。”

这就是我的宝宝，一个颇有才情的孩子。

红

美丽的红是小我六岁的侄女，红的美有点像盛夏的广玉兰，

寂寞而又热烈。红自幼就没了父母，在舅舅家长大。善良的舅舅和舅母对她视如己出，所以红的童年并没太多的伤痛，但红的命运却真的多舛。

我刚调到黄冈那所中专学校时，先生和女儿还没过来，而我是个极恋家的人，每周回家总要等到周日的末班车才回黄冈。车还没进市区天就黑了，学校沿湖的路凹凸不平，而且没路灯，非常难走，遇到雨天就更糟糕，泥泞的道路让所有的摩的都望而却步。如果碰到这样的天气，我就会到红那里去，两人挤在一张床上，等到天亮了再去坐学校通勤车返校。当时红已离婚4年了。

红的前夫是她同单位的同事，当初为了追红，他着实下了番工夫。黄冈的第一辆女式摩托是他买给红的，红的鞋沾上了泥土，他会一点一点地拭去，对红真是百依百顺。

于是红在22岁出嫁了，公公婆婆对红非常满意，几乎把红当成了自己的女儿。婆婆对红的宠爱到了无以复加的地步：不但对红嘘寒问暖关怀备至，还经常给她买当季最新潮、最合适的新衣服。那对善良的老人给了红无限的父母之爱，弥补了红幼年的缺憾。那段时间，红是幸福的。

可是，随着女儿的出生，前夫回家越来越晚了，后来干脆彻夜不归。过了很久，红才知道前夫和他的一位女同学有染，倔强的红坚定地离开了曾经给了她许多温暖的家，搬到了婚前居住的单身宿舍。

红说："姑姑，我常常看到人群中哭泣的自己。"红是那么娇弱而感性，眼里总写满了淡淡的忧伤，那热情的笑靥下藏满了只有爱她、怜她的人才能看见的落寞。我也深深理解了她听到我调往武汉工作的消息时走在大街上独自泪流满面的心情。年轻的生命里，红失去得太多。

4 年来，很多人追求红，很多人关心红，为她牵线搭桥。红却一直逃避，她有些怕了，不愿意再走进婚姻，直到遇见彬。彬大红 4 岁，在众多可供挑选的人里面，彬的物质条件不是最好的，但彬是最有才气的一位，而且长得最帅。彬对红如慈父、如兄长，彬的性格还有种浪漫情怀。红爱花，尤其是玫瑰和百合，彬送的鲜花插满了红的小屋。红说，姑姑，你跟我做主吧。我对她说，嫁了吧，彬那么优秀，只要你不在乎他太帅就嫁了吧。彬对我说，姑姑，您放心吧，我会爱红一辈子的，绝不会再让她受伤害。红再次披上婚纱的时候，我激动地哭了。高大帅气的彬和苗条秀丽的红站在一起是那样般配。

红是那样一个热爱美好的孩子，心地善良，经历的坎坷令人心疼。自强不息的红一定能穿过岁月的沧桑，走在幸福的路上。

琦在那篇《生之欢歌》中写道："那些逝去的人，都留了东西在我们的生命里，仿佛在血液中流淌，在某个将来，会有新的生命降临。我把这些东西也留在他或者她那里，这就是生命。生生不息，这就是生之欢歌。"

我想，这三个有着不同际遇的女孩儿，也谱写了一首生生不息的歌。我或许不经意给她们传递了一些什么，然后又从她们那里收获了一些什么。我感激上帝，让这三个最疼爱的宝贝都这么美丽聪明，让我有机会和她们一起成长，守护她们平安健康、幸福快乐。

第五章|掠 影

人生要读书、看电影，偶尔还要看看电视剧。呵呵，多少为这平淡无奇的生活收获些感动。

择人任势

——读赵蕤《反经》

近日读唐代隐逸高人赵蕤的《反经》很有感触。赵蕤“博学多才，擅长政治”，其《反经》满含智慧玄机，以谋略为经、历史为纬，交错纵横、蔚然成章。这本书摆脱了以忠奸善恶评价历史人物的传统定式，以发展的、辩证的观点对唐之前历代智谋权术作了一次全面的阐述和总结，真实生动地再现历史事件，提醒人们对任何人和事物，要“既知其一，又知其二”，不能“只知其正，不知其反”，真正做到识人量才，知人善任。

“夫人才能参差，大小不同，犹升不可以盛斛，满则弃矣。非其人而使之，安能不殆乎？”——人的才能大小不同，就像用升无法盛下斗中的东西一样，盛不下就会溢出来，溢出来就全浪费了。用了不该用的人，没有危险是不可能的。

“夫圣贤所美，莫美乎聪明。聪明之所责，莫责乎知人。知人识智，则众材得其序，而庶绩之业兴矣。”——圣贤最赞赏的是聪明，聪明者最注重的是知人。能知人识才，各种人才就会有合适的位置，各项事业就都能办好。故《孙子》云：“善战者，求之于势，不责于人，故能择人而任势。”

如何择人呢？可以“观其德，用其长，审其志”。

观其德。“德者，才之帅也”，人才分为四种，德才兼备、有德无才、有才无德、无才无德。志趣高尚，忠诚踏实，虚怀若谷，心怀宽广者方可担当大任；品行恶劣、心胸狭窄、凡事工于心计者应当警惕。

用其长。“尺有所短，寸有所长”，“人非圣贤，孰能无过”，任何人都有优缺点。我们不能因为某人有不足之处，不能因为某一方面的缺点就否定他的一切。用人谋事的第一要素是要善用人之长。只要他某一方面有所擅长就不失为可用之才。

审其志。《人物志》上说：“夫精欲深微，质欲懿重，志欲弘大，心欲谦小。”一个人内心深处如果没有永久的信念，做事就会马马虎虎，有头无尾；做人就会虚伪，不着边际，不是扎扎实扎地安身立命，老老实实地做人做事，而是随波逐流，胸无大志。这种人不可重用。

知人善任，是汉高祖刘邦成功的法宝。秦朝末年，刘邦、项羽争雄中原。项羽因战起家，出身名门，骁勇，但不善战。刘邦上马不能征战，下马不能抚民，最终却能取得天下，皆因有独门法宝。刘邦清楚自己：“夫运筹帷幄，决胜千里之外，吾不如子房；镇国家，抚百姓，给粮饷，吾不如萧何；连百万之兵，战必胜，攻必取，吾不如韩信。此三杰，皆人杰也，能用之，皆吾所以取天下也。项羽有一范增而不能用，此其所以被我擒也。”项羽所能驾驭的是一己之勇，而刘邦知道自己所短，他人所长，善于调动所有资源为自己所用，所以建立千秋帝业。

有的人有治乱的本领，有的人有守成的专长，有的人有大刀阔斧的魄力，有的人有润物细无声的魅力。什么样的人在什么样的时点，适合什么样的运用，需要对时势的判断。有多少人，就有多少择人任势的判断。

择人任势，不是简单的放手不管，不靠思考阐释，而要在实践中去感悟。这是一种价值判断，一种人们内心是与非的取舍和因与果的逻辑。价值判断大多不是外力所灌输的，而必须是感同身受的体验。

养儿育德

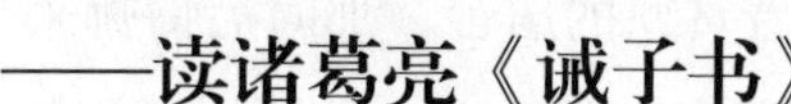

——读诸葛亮《诫子书》

那天跟朋友讨论子女的教育问题，谈到一位我十分钦佩的名作家，把诸葛亮的《诫子书》挂在墙上，作为家训，十分感叹。他有如此成就绝非偶然。我也曾要求女儿读《诫子书》和《曾国藩家书》，期望女儿在“德、志、学”三方面成人成才。

《诫子书》是诸葛亮 54 岁临终前写给 8 岁儿子诸葛瞻的一封家书，是诸葛亮对其一生的总结，也是一位品格高洁、才学渊博的父亲对儿子的殷切教诲与无限期望。文中以直抒胸臆的语气，对儿子的道德修养做出谆谆教导。事实上，《诫子书》早已成为诸葛亮后人的家族文化，一直传承到今天。据说，在诸葛亮的后人中，没有人不会背诵《诫子书》。诸葛亮通过这些智慧理性、简练谨严的文字，将普天下为人父者的爱子之情表达得十分深切。

“夫君子之行，静以修身，俭以养德，非淡泊无以明志，非宁静无以致远。夫学须静也，才须学也，非学无以广才，非志无以成学。淫慢则不能励精，险躁则不能治性。年与时驰，意与日去，遂成枯落，多不接世，悲守穷庐，将复何及！”

诸葛亮认为，君子的操守，应该用宁静来修养自身，用俭朴来淳养品德。不看清世俗的名利就不能明确自己的志向，不心静就不能高瞻远瞩。学习必须静心，才识需要学习，不学习无从拓广才识，不立志不能学习成功。沉迷滞迟就不能励精求进，褊狭躁进就不能冶炼性情。年年岁岁时日飞驰，意志也随光阴一日日逝去，于是渐渐枯零凋落，大多不能融入社会，可悲地守着贫寒的居舍，那时后悔哪来得及！

有道德修养的人，是这样进行修养锻炼的，以静思反省来使自己尽善尽美，以俭朴节约来培养自己高尚的品德。不清心寡欲就不能使自己的志向明确坚定，不安定清静就不能为实现远大理想而长期刻苦学习。要学得真知必须使身心在宁静中研究探讨，人们的才能是从不断地学习中积累起来的；不下苦功学习就不能增长与发扬自己的才干；没有坚定不移的意志就不能使学业成功。纵欲放荡、消极怠慢就不能勉励心志使精神振作；冒险草率、急躁不安就不能陶冶性情使节操高尚。如果年华与岁月虚度，志愿随时日消磨，最终就会像枯枝落叶般一天天衰老下去。这样的人不会为社会所用而益于社会，只有悲伤地困守在自己的穷家破舍里。到那时再悔也来不及了。

我国自古至今，从孔子、老子、孟子、荀子等哲学家、教育家，都首先注重学生道德品行的修炼与提高，不养成良好、高尚的道德品行，则难以胜任社会的需要，更难以在社会上立足。这就是我们经常说的无德不成才。

诸葛亮所提“德、志、学”的观点，与我们现代提倡的“德、智、体、美”等并无实质性差别。只是时代不同了，每个观点的内涵已发生了质的变化。“德”当然指的是德育，也是品德教育和道德修养；“智”指的是智力教育；“体”指的是体育锻炼，要有一个好的身体，才能够去完成各项工作任务；“美”指的是身心完美，形体的美与心灵的美，而这又与德、智、体三项密切相关，我们经常强调还是德、智、体三方面全面发展。现在看来，每个人在学习、成长过程中，都必须加强这几方面的修养和锻炼，每项内容都是极为重要的。

诸葛亮在一千多年前就能提出“德、志、学”的观点确实难能可贵，特别是他提出的既重视德育又重视智育的进步思想，对于我们今天教育子女仍有很强的指导意义。诸葛亮的观点在我国历史上产生了广泛的影响，如《后汉书》上就有“有志者，事竟成”的格言。宋代大教育家朱熹也说：“百学须先立志。”一个人要融入社会，干事创业，就必须有一定的道德修养、踏实做事的能力、百折不挠的意志、健康的身体。

静以修身，俭以养德。教育子女从小就要有静思反省、勤俭节约的习惯，这是诸葛亮特别重视的孩子的道德教育。

“非淡泊无以明志，非宁静无以致远”，这既是对他儿子的要求，更是诸葛亮一生经历的总结。在这里，诸葛亮用“双重否定”的句式，以强烈而委婉的语气，表现了他对儿子的教诲与无限的期望。用现代话来说就是：不把眼前的名利看得轻淡就不会有明确的志向，不能平静安详、全神贯注地学习，就不能实现远大的目标。

淡泊名利才能志向坚定。《老子》曾说“恬淡为上，胜而不美”，诸葛亮汲取了老子清静无为思想的积极因素，把看似对立的“淡泊”与“明志”,“宁静”与“致远”统一起来,由“淡泊”达到“明志”，由“宁静”达到“致远”，进一步发展了儒家积极入世的思想，创造了“淡泊以明志，宁静以致远”的哲理格言。我们始终不忘自己应当树立和已经树立的抱负和目标，孜孜以求之，哪怕奋斗终生亦未取得成功，起码说明我们已经付出了努力，并非三心二意，我们是有信仰的，是愿意为理想而奋斗的人。

诸葛亮在《诫子书》中称：“夫学须静也，才须学也，非学无以广才，非志无以成学。”意思是说，不安定清静就不能为实现远大理想而长期刻苦学习，要学得真知必须使身心在宁静中研究探讨，人们的才能是从不断地学习中积累起来的；不下苦功学习就不能增长与发扬自己的才干；没有坚定不移的意志就不能使学业成功。而且要懂得“静”就是专注一念、心无旁骛、全神贯注。这是在培养孩子专心致志的学习习惯。

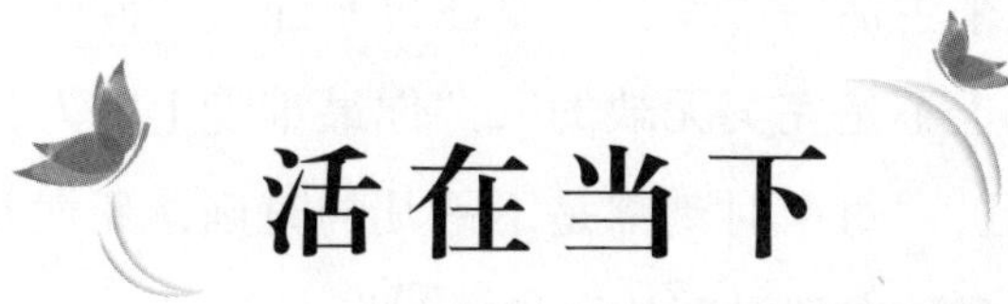

活在当下

——电影《和平战士》

今夜看了美国影片《和平战士》，夜不能寐，浮想联翩。

一名少年得志、夺牌无数的大学体操运动员丹，傲慢自大但天分过人。丹有出众的容貌、修长的身材和惊人的力量，还有随便都可以上床的女友和疯狂的派对。然而，他并不快乐，经常陷入梦魇之中，夜里经常因无法释怀的恐惧彻夜难眠。某个夜晚，他再次被惊醒，出门闲逛，在一个加油站里遇到了改变他命运的老头——苏格拉底，一个拥有神秘力量的长者。为了实现自己奥运冠军的梦想，丹希望苏格拉底能将那些神秘绝技传授给他。苏格拉底开始对丹进行神秘训练，并彻底改变了他的生活方式。丹不仅因此失去了朋友、女伴，甚至差点被赶出体操队。但就是在这些训练过程中，他彻底地改变了自己的世界观，开始重新认识生命的意义。

丹在一次意外的交通事故中，大腿粉碎性骨折了，体操教练和奥组委都对丹失去了信心，但是丹在苏格拉底的帮助和训练下，终于战胜了自己，赢得了体操队和奥组委的承认，取得了比赛资格，并获得了全美选拔赛冠军。

“去掉你脑子里的垃圾，让自己静下来空下来”，“用智慧而不是经验来生活”，“专注、专注再专注”，“倾听自己内心的声音”，“战士不是完美无缺的”，“你最难爱上的人，通常是你最需要的人”，“每个时刻都是不平凡的时刻，死亡并不可悲，可悲的是大多数人都没有认真地活过”……

一个人表现不佳，不是因为自己不具备这样或那样的能力，而是有太多的干扰因素。有的干扰来自外部，比如别人的评价、客观环境的制约、别人贴的标签；更多的是来自内心的干扰，来自自己给自己贴的标签，来自自己给自己的劝阻，来自自己对他人评价的演绎和揣摩，来自自己内心深处无法放下的种种……

苏格拉底给了丹三个原则：幻象，生命本身是一个谜团，别花太多的力量去了解一些干扰因素；幽默，保持幽默，尤其是跟自由有关的事物，这是所有力量的来源；改变，没有事物能永远保持不变。而苏格拉底教给丹最有意义的活着，就是活在当下。影片最经典的收尾之笔：何地？此地！何时？此时！做什么，活在当下！

这就是战士的态度，活在当下，永不放弃自己所热爱的！“活在当下”，与中国儒家思想一脉相承。和平年代处处都是战场，难道我们不是和平战士吗！“智者无忧，仁者无敌”。论语说：“好学近乎智，知耻近乎勇，力行近乎仁。”丹对成功的渴望感召了苏格拉底，丹的好学切问、丹对自己内心真实的关照、丹在大腿骨折后的艰苦卓绝的训练，让他变成了一个真正的智者、勇者和仁者，真正地做到了攻无不克、战无不胜！

我们总是走不出自己的记忆，我们总是活在别人的眼光中。《和平战士》教我们应该活在当下，活在自己的体验里而不是经验里，经验属于记忆，体验属于当下。当《色戒》告诉我们女人不可靠，《投名状》告诉我们兄弟不可靠，《集结号》告诉我们组织不可靠，《长江7号》告诉我们人类不可靠时，《和平战士》告诉我们，我们自己最可靠。当你关注现在、当下，抛开杂念，你的能力就能加强，就能攻无不克、战无不胜！

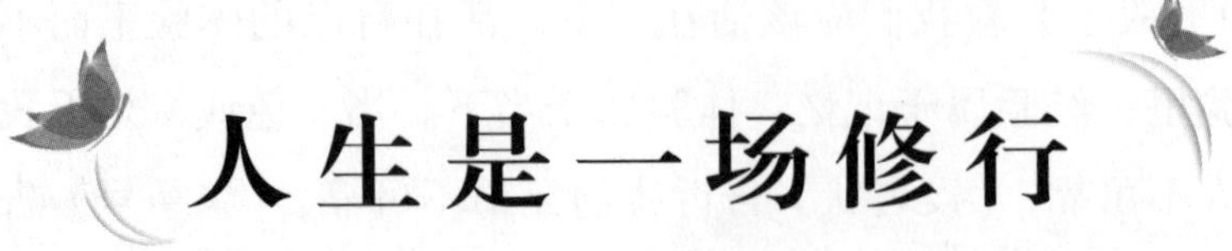

人生是一场修行

——电影《非诚勿扰2》

《非诚勿扰 2》是跟朋友一起去看的。看完电影到家时早已过了我的睡眠时间了，要命的生物钟完全不给睡意。我看完电影，忍不住思绪万千。

活着是一种修行。因为这句话，也因为特别的故事情节，今天的电影不再像《非诚勿扰 1》那样单纯搞笑诙谐，变得特别凝重。因为李香山的离世、别出心裁的离婚典礼和活着时候的追悼会，这个故事变得厚重起来。

李香山以过来人的感慨跟梁笑笑说：婚姻本身就是一种错误，无论你选择谁都是错的；但是我们要将错就错，一错到底，这样的婚姻才能长久。观影回来的路上，跟同行的朋友讨论了这句话。朋友说："男人们总是以自己工作繁忙应酬多，为了家庭又不像别的男人那样乱来，就认为自己做得很好了，根本就不顾及我们的感受。"朋友前几天刚刚写了洋洋洒洒的几千言，讨伐自己的老公不花时间陪她打羽毛球、看电影。我说"你还有这种雅兴，你老公还愿意听你教育，已经很不错啦！我虽然决心将错误进行到底，却害怕人家中途溜号不跟我玩呢。"圣诞节我约我家先生去看话剧《一枪拍案惊奇》，可是还没看一半他就说精神不好要退场了。我却不敢有半句怨言，还一直心疼他：先生心脏不好，而我什么都不求，只希望他健康长寿；要让我在人生的终点时比他先走，哪怕只先走半步呢！都说“走在夫前一枝花，走在夫后苦哈哈”，就让我做枝不谢的花，因为能走在他的前面而灿烂。

爱又何尝不是一种修行呢？茫茫人海里，谁会与谁相遇，谁又能与谁相爱？那可是千年万年的修行才能够修的来啊！谁能够刻骨铭心而相忘江湖，谁又能于平淡中相濡以沫？无论是七年之痒还是相依为命，都是缘于修行。

人生就是一场修行。我们有什么样的生活，我有什么样的朋友，我们能拥有什么，能遇见谁，都是修行来的。一念之间，各有因缘。今天师父来汉开会，说好了一起吃午饭的，可是直到现在，我也不曾见到他，而他更不知道，我在背后一直称他“师父”。实际上一年能跟他见一次面，聆听一次教诲就不错了。今年还是他荣获全国“五一”劳动奖章从北京回来路过武汉时见过他一次，直到今早接到他来汉的电话，已经七个多月未曾谋面了。但我永远都记得师父说的话，师父关于民营职教事业的见解和对我的殷切期待，永远都鼓舞着我。我跟师父说，希望自己有一天也能像他那样到人民大会堂去领奖。还记得他当时祝愿我成为蓝翔第二呢，那个校长也曾站在人民大会堂的领奖台上。我知道，此刻师父肯定已经离汉了，用不着打电话也用不着客套问候。有的人给我们做了很多年的老师，却不想说他是师父，而仅仅只是老师；好像一辈子师父不多，也就一两个。我们总会在某个黑夜或清晨莫名地牵挂一些人，亦会思念一些人，甚至是一些从未谋面的人。这些相识相知的人，也许就是修行的结果。

我们都走在修行的路上，应心甘情愿、心态平和。我想，我的追求有点困难但不会放弃努力，将一直修行，哪怕结果很难实现，也不能停止努力的过程。

为爱救赎

——电影《画皮》

我家先生带我去看电影，看了最近很火的《画皮》。

两百年前，蒲松龄笔下的画皮是个唯美和惊悚的故事：书生爱上了弱女子，娶回家才发现她竟然每天用毛笔给自己画人皮。两百年后的新版电影《画皮》则是魔幻商业大片："抛头颅兮，为爹为娘；掏心窝兮，儿女情长！"这里有大漠、孤烟、长河、落日，也有沙匪、九宵美狐和力大无比的蜥蜴精，更有炫目的飞檐走壁和武打戏，还有辽阔的西域和小桥流水的江南。娇狐剥下整块的人皮后给大家呈现了一个温暖的爱情故事：一个男人、两个女人，还有一个男人和一个女人，无论是人还是妖，无论是将军还是降魔者，都在用满满的爱情去救赎他人。

佩蓉为了王生喝下狐毒，心甘情愿背下黑锅；王生为了与妻子同生共死，选择自杀；小唯失去王生才明白自己铸成大错，宁愿放弃千年道行；蜥蜴精却不能放任心爱的小唯去死，与修行者场场大战。电影的最后，降魔者在千钧一发之际拔开了降魔剑，他说："我知道今天为什么可以扒开剑鞘了，因为有爱，仇恨是拔不出剑的！"最后，狐妖用生命实现了爱的救赎。

真爱无敌，可是谁又能拥有真正的爱呢？不管是人妖殊途，还是同类，真爱何求？王生爱佩蓉，深刻之中更多的是责任；

爱小唯却因道德约束而不能。佩蓉爱王生但并不自信，也不完全相信王生，却坚信王生爱上了小唯。其实，人往往会被同一种类型的人吸引，而不会只喜欢单单的一个人，所以就有了许多的悲欢离合和儿女情长。

王生对狐妖说："我爱你，但我已有了佩蓉啊！"真是恨不相逢未娶时啊！可是，即便是相逢其时又如何呢？不过是演绎"红玫瑰和白玫瑰"罢了。情之于人,尤其是男人,奈之若何？佩蓉生还了，却丢失了爱情，在以后的漫漫岁月里，她将永远无法赢得了狐妖……

我问先生，如果你身边出现了狐妖怎么办？先生说："对我而言，你就是狐妖啊！""咦，难道你还另有糟糠吗？""糟糠也是你啊！"先生很深情地说。如果有个男人 20 多年来都对枕边人"巧语花言"，应该是幸福甜蜜的，即便那种"爱语"只是种习惯。我知道，其实，所有的男人都希望相遇狐妖，而所有的女人都对狐妖充满了恐惧。但女人是敢于牺牲的，牺牲自己而成全他人，无论佩蓉还是小唯都无比坚定，哪怕是牺牲也要实现救赎；而男人在关键时刻总有些许犹豫和挣扎，亦如王生。

事实上，我是个坚定的爱情至上主义者。我常常说，哪怕 80 岁了，我也会相信爱情！所以，我被深深地感动了。谁又能说，王生、佩蓉、小唯就不是真爱呢？爱是一个过程，只要爱的时候是付出真心，付出真情，就是真爱，就能实现爱的救赎。妖就有了人的性情，人就会在这个过程中得到升华，变得更加完美！

永远的伤痛

——电影《唐山大地震》

突然间地动山摇、天崩地裂，使欢愉中的男女、睡梦中的孩子瞬间遭遇巨变。23 秒的山崩地裂，摧毁的不仅仅是一座城市的建筑和街道，也不仅仅是 24 万个鲜活的生命，而是人的心灵。在经过漫长的痛苦的 32 年之后方能重建，而这也是一辈子、甚至是下辈子都无法抹去的伤痛和折磨。

看完这部影片后，感受最深的不是地震的画面，而是地震的遭遇在一个人的内心撕下的那道伤口到底有多深、多广？"救弟弟"这几个字，是李元妮经过非常痛苦的内心挣扎后的选择。为此，方登用自闭和沉默结束了欢乐的童年生活，夜夜被恶梦缠绕。她冰冷地拒绝生活，拒绝温情；怀疑养父母对自己的爱，决绝地离开恋人；漠视孤独老迈的养父对自己的刻骨思念，竟长达 6 年杳无音讯，最后远走异国他乡。同样为此，李元妮自我折磨、自我怨恨了自己一辈子，她一辈子都活在那片废墟里，生活完全成了一地碎片。

其实已经很久了，我不再像年轻时候那样容易流泪，但这部电影却一直让我泪流不止、心痛不已、夜不能寐。在《心经》的梵音中走出影院的时候，我对宝宝说，从今天开始，我们要更加善待身边的每一个人，更加珍惜现在拥有的一切，感恩天地，感恩他人。

评论一部电影的好坏，我们不能简单地以它让观众哭过多少次、也不能简单以喜剧的元素要求它让观众笑过多少次——最重要的评价标准是电影触及人们心灵深处的琴弦。《唐山大地震》不仅仅是在再现 1976 年唐山大地震的苦难和当时恐怖的场面，更多的是地震过后，历经几十年重新建立的城市、重新构筑的人生和重新复苏的情感。

我不想评论《唐山大地震》这部电影有什么艺术成就，也不想谈它的什么商业价值和演员阵容，我只知道它宏大的情感叙述，让观众在老天爷面前不是抱怨，而是感恩惜福。在大自然面前，人类是多么渺小和无奈，命运根本不是人力所能扼住和左右的。困难和灾难并不是最可怕的，怕的是人心的泯灭和无知。我们能拥有生命，是件多么值得庆幸的事啊！还有什么值得计较呢，得失还算得了什么呢？在天灾面前，无论是达官贵人还是草民百姓，无论是豪富还是赤贪，也无论俊丑智愚，都一样灰飞烟灭。

好好爱你的家人，好好善待自己和他人，甚至包括敌人吧。活着就好！

郭家的女儿们

——电视剧《蜗居》

以描摹都市“房奴”生活为主线的《蜗居》热播了许久，而我直到现在才看完全剧，也忍不住想絮叨絮叨，谈谈郭家的两个女儿。

为人师表的郭老师夫妇做梦都想不到，自己的两个在外人看来非常优秀的女儿竟然过着如此不堪的生活。

郭母是很放心海萍的，可就是这个在她眼里有主见、能吃苦的大女儿，把娇气、没主见的海藻推进了堕落的深渊。海藻在沦为“二奶”的过程中始终抓着一根道德的救命草，就是为了报答从小比母亲还亲的姐姐。海萍首付的 6 万元房款、海萍的外教工作及斗垮日企高管、老公的官司还有升职和生意，无一不是万能的宋思明给予的帮助。海藻一次又一次地欠着宋秘书的情，最后“人情债，肉偿喽”。

海萍虽然是现代白领，但这个名牌大学毕业生完全找不到自己的位置，办公桌都可以被上司请到厕所门口。她每天只靠唠叨发泄各种愤怒：愤怒于房小钱少，愤怒于柴米油盐，愤怒于街坊邻里，愤怒于老公无能。她为了不给同事送礼居然躲在家里啃方便面，这样的黑色幽默让人不忍心往下看。此剧的结尾似乎在宣扬海萍的奋斗终于有了结果，可是这种结果却是踏着妹妹残缺的躯体完成的！如果成功要付出如此的代价还不如跟老公回老家啊，只有晕乎如她的人才会大言不惭地认为自己是无所不能的成功者。

尽管郭家不算富裕，但两个教师的家庭比那些下岗工人和农民的家庭不知道要好多少，海藻还算是从小就娇生惯养的女孩子了。即使这样，郭母还要惋惜地说没有富养女儿。实际上她不明白，女儿应该"贵养""教养"而非"富养"。这种"贵"是养贵气，尊重她，给她做人的尊严，教她自重、自爱、自信、自强、自立才是养女的根本；而"富"重在物质，只要是物质可满足的，也就是说金钱可满足的，都是容易变异的。富家女轻贱荒唐地生活着不乏其人，而穷家碧玉的女子成大器者也不在少数，退一步至少都能够清清白白、堂堂正正地为人。

海藻是软弱虚荣的，总是幻想"有一天会碰到一位仁慈的大老板，很慷慨地说，每月 1 万，上班 2 天，休息 28 天，年底双薪"。她不断地跳槽，直到找到"二奶"的位子而将人生演绎下去，并且自觉快乐而精彩。当小贝给她挤好牙膏、做好早餐，她还赖在床上做白日梦的时候，就知道做"二奶"才是她所需的最好职业。当小贝离开她时，她立即转身梨花带雨般投入了宋思明的怀抱。海藻宣扬：宋到哪里，她就到哪里，宋回家和老婆睡觉，她就要躺在他们中间。简直厚颜无耻到无以复加的地步！这个整天懵懵懂懂、睡眼迷离的女子无论碰上谁，只要能满足她的欲望、能帮她解决难题，多半都可以带她步入堕落。我觉得，这不仅仅是宋思明的错，假若她碰上的是李思明、张思明，也会有同样的结局。

海萍和海藻，一个根本不知道自己的生活位置在哪还要在都市死撑，一个连最基本的社会辨识能力都没有也要投奔都市打拼洪流，最后都不得不被生活玩弄和抛弃，惨淡滑稽地活着。

女孩儿和女孩儿的母亲们，大都可以引以为戒。

爱她就成就她

——电视剧《妈祖》

电视剧《妈祖》讲述了湄洲岛的渔民之女林默娘逐渐成长为海神妈祖的故事。除了女主角的无畏牺牲令人难忘之外，我被她的婚姻和爱情深深感动了。

少女时代的林默娘在一起海难中救下了一艘官船，认识了统帅——朝廷使臣吴宗伦。吴宗伦事后登门致谢，两人相谈甚欢。吴宗伦给她讲述了海洋对国家的意义，“华夏民族要走向大海，走出国门，繁荣海上贸易，就必须确保出海平安”。经吴宗伦点拨，林默娘知道了许多外面的大事，对济世救人有了新的理解。在交往中，吴宗伦渐渐爱上默娘，被这个美丽善良、重情重义的姑娘感动了。

默娘到了婚嫁的年龄，前来提亲的人络绎不绝，但都被她拒绝了，因为默娘一心只想救人济世，从未想过自己的终身大事，根本就不想出嫁。可一个姑娘过了20岁还未出阁，在民风淳朴、保守的渔村是一件受人非议的事。默娘承受着巨大的舆论压力。最终，吴宗伦帮助她以“娶而不婚”来抵挡社会和家庭的压力。吴宗伦明知道这段婚姻是没有结果的，却仍然牺牲了自己的爱情，以一段有名无实的婚姻，去成就默娘的理想。

吴宗伦内心也是非常矛盾的，作为林默娘的丈夫，他也希望林默娘能给予其真正的爱情；可作为一个正直大义的官员，作为与林默娘志同道合的背后支持者，吴宗伦必须把个人的私欲压抑住，为更广泛的百姓着想，促成妈祖济世救人的心愿。在故事的最终，吴宗伦不仅实践了他无私的爱情观，更实践了一个铁血男儿忠君爱国的誓言。

《妈祖》在主干故事和人物的构建上，充分展现了人与神之间、人与人之间的情感碰撞，女神的爱情成了剧中的一大亮点。在宏大的国家民族史诗背景下，林默娘与吴宗伦之间的感情愈发显得纯粹和高贵。默娘是一个传奇女性，她的大爱已经超越了个人情欲。她和吴宗伦之间的感情是高洁的，超脱世俗的。吴宗伦则是个真正为爱付出的大好男人，他践行的爱情观颠覆了“爱情自私论”。

什么才是正确的爱情观？是不顾对方感受自私地占为己有，还是一味地让对方满足己需？有网友说吴宗伦这样做非常之傻，林默娘对吴宗伦不公平，不能全心全意爱对方就应该把对方放了，这样挂个名号绑着不是很自私吗？林默娘内心其实也非常痛苦，她不可能放弃自己济世救人的心愿，又不能全身心地爱吴宗伦。在外人看来可能是林默娘利用了吴宗伦来度过自己的婚姻舆论危机，实际上却是两个心怀大爱的人为共同的目标而努力，婚后两人琴瑟合鸣共同为百姓做好事。除了济世天下的大爱观，《妈祖》无疑也给观众挖掘了另一种爱情观——“爱就是成全”。

在这个物质化的时代，真正的爱情似乎无法寻觅，甘于贫贱、忠于爱情的婚姻更是罕见。在爱情跟房子、车子、票子、位子紧密相连的时代,《妈祖》里的爱情就弥足珍贵了。

吴宗伦以无悔的付出重新诠释了“爱”的概念,正如《新周刊》撰文:“我们要回到爱的本身,重新学会爱。学会爱,就是学会了解、珍惜、宽容,学会善意、付出、成长。你要找到一个人,鲜活和丰富彼此的生命。直到,爱让你们生活得更加幸福、更有尊严。”

爱是无悔的成全,爱她就成就她!

后记

开始准备这本文集时，还是 2011 年的冬天；而完成本书的定稿时，已经是 2015 年的暮春了。此刻，我伴着窗外的皎皎弦月和微醺夜风，写一点出书过程中的心路感悟，作为纪念。

我从小就梦想当作家。上小学的时候写过作文《我的理想》——我写是作家，高中时候还写我的理想——作家。所以梦就一直在做着，一直不曾醒，也一直没有实现，一直在路上。

张曼菱女士说作家是中国大地上高举火把、照亮前程的光明使者，我恐怕穷其一生的精力也未必能达到这个高度。正因为如此，本书从初稿到成书、到我如今写这篇后记，总共历时三年光阴。我总是惴惴不安，怕自己的文字和思想离这个称号相差太远。

朋友们总会在不经意间关切地问我，你的书出了么？而我对自己说，这本书是我在创作路上的一个逗号，既承接了沉甸甸的往昔岁月，也开启了未来的旅程，所以急不得。

回忆起我爱上作文的过程，大概要追溯到小学三年级的时候。那个时代所有称得上名著的作品几乎都是禁书，哥哥姐姐们偷偷地读，我也跟着他们好奇地读。有很多汉字都不认识，便查字典生啃。那个时候的农村没有电灯，只有煤油灯，我每天早上起床洗脸都会抹掉一层黑灰。姐姐看到我黑黑的鼻孔就笑话我，知道我又熬夜偷看他们的书了，我就忍不住手舞足蹈、兴高采烈地跟他们讲那些书中描写的故事。

初中的时候，我写了十几万字的侦探小说，还瞎投了一气稿。可惜没有哪一个编辑看中我的文字，那些稿子有的被退回来了，有的如石沉大海，反正最后都不知所踪。我上的高中的文科在全县都是小有名气的，当年学校搞了一次作文大赛，我居然得了第一名。这个第一名对于我这样极度偏科的学生来说，是极大的鼓舞，梦想的种子从此埋得更深。先生戏谑地说，倘若我能出生在八十年代，也许会是第二个韩寒。

我先生是我生命里的贵人。认识他的时候，我已没有多少才情，似乎只能写些小女人的心情。但是先生的硬笔书法不错，那个时候没电脑，我的每一篇文章都是我先生誊写好了再投稿的。他的字确实给那些文字增色不少，让我的文章得到了编辑老师青睐。我经常感叹，要是早认识他该多好啊！我初中时的那些小说如果能配上他潇洒的书法，也许会有伯乐相中呢！结婚生子之后，为稻粱谋，离梦想越来越遥远，路也越来越漫长。

出文集的念头要追溯到20年前：当时有朋友邀约一起出书，将当年极为流行的小女人散文结集出版。可我觉得自己的文字太过稚嫩，没有参与。20年后在整理本书的文稿时，还是选了一些当年散见于纸媒的一些文字。女儿说我以前的文字是来源生活而跟生活保持着距离的，是高于生活的，所以真实又唯美。她觉得我现在的文章太写实、太没有距离感了。所以尽管阅历和经验多了，人的思想深刻了，反而没有当初幼稚的时候写得优美。她很欣赏我当年的一些文字，比如那篇《离家的日子》还有《春去春来的等待》《青山多妩媚》《尘封的门扉》等等。

在准备结集之前，女儿一直要求我读朱光潜的《谈美学》。朱光潜在这本书的序言里写道："艺术本来是弥补人生和自然的缺陷的。富有艺术材料的生活何以不能产生艺术呢？艺术所用的情感并不是生糙的而是经过反省的。一般人不能把切身的经验放在一种距离之外去看，所以尽管感情深刻、经验丰富，终不能创造艺术"，"数千年前的《采采卷耳》和《孔雀东南飞》的作者还能在我们心里点燃强烈的火焰，虽然在当时他们不过是大皇帝脚下的不知名的小百姓。秦始皇并吞六国，曹孟德带八十万人马下江东，这些惊心动魄的成败对于你有什么意义，对于我有什么意义？……悠悠的过去只是一片漆黑的天空，我们所以还能认识出来这漆黑的天空者，全赖思想家和艺术家所散布的几点星光。朋友，让我们珍重这几点星光！让我们也努力散布几点星光去照耀那个过去一般漆黑的未来！"

朱先生写出了所有艺术家的终极追求，而此刻的我要从一个"以我手写我心"的小女子开始努力。这本集子所收集的文稿时间跨度非常大，有正值花期时的作品，也有现在的文字，还有部分对儿童时代的回忆和追溯（比如那篇《昨夜闲潭梦落花》，几乎算是自己从小到大的人生总结）。我只不过是在人生的栈道上，记下了一些不经意间捕捉到的闪闪星光，借着季节的轮回，分享着种种心情。我希望这些微弱的星光，也能给看的人带来一点点温暖，一丝丝鼓励，但愿我们的人生里能坚持一些美好的信念和期待，成长为最好的自己。

书稿完成后，我总还是有些忐忑，怕这些文字不够精彩。于是又怀着惴惴不安的心情把部分稿子发给了省作协副主席董宏猷先生和黄冈师院的夏元明教授，他们给予的肯定也给了我莫大的鼓舞和信心。

要特别感谢有当代蒲松龄之称的神话小说家周濯街先生在百忙之中帮我写了序言。要感谢艾杰先生耐着武汉的酷暑通读了我的文稿并为我作序。还要感谢一直以来在创作的道路上曾给过我指导和关注的所有老师、朋友、同学和亲人。

满怀感激、感恩，在实现梦想的路上，我会一直走下去，不停歇、不气馁。

月已偏西，夜已深沉。这样的夜因感激而丰盈美丽。爱文学，做一场作家梦，沉醉在文字之中，痛并快乐着。

2015 年 4 月 28 日